www.ingramcontent.com/pod-product-compliance
Lightning Source LLC
LaVergne TN
LVHW050800051026
849532LV00008B/2928
* 9 7 8 9 3 6 9 0 8 9 9 3 2 *

ادھورا لمس

(افسانے)

سیمیں درانی

Adhoora Lams *(Short Stories)*
by: Seemeen Durrani
Edition: November '2025
Publisher :
Taemeer Publications LLC (Michigan, USA / Hyderabad, India)

ISBN 978-93-6908-993-2
9 789369 089932

کتاب	:	**ادھورا لمس** (افسانے)
مصنفہ	:	**سیمیں درانی**
صنف	:	فکشن
ناشر	:	تعمیر پبلی کیشنز (حیدرآباد، انڈیا)
سالِ اشاعت	:	۲۰۲۵ء
صفحات	:	۷۴
سرورق ڈیزائن	:	تعمیر ویب ڈیزائن

فہرست

سیمیں درانی اور ان کا فنِ افسانہ نگاری: سلیم صدیقی		6
(۱)	چندہ	12
(۲)	پیمپر	16
(۳)	چھام چھاب	22
(۴)	ماتھو	31
(۵)	فیمینسٹ	39
(۶)	پگڑی	47
(۷)	دِلّی	56
(۸)	مثلث	60
(۹)	ادھورا لمس	69

سیمیں درانی اور ان کا فنِ افسانہ نگاری

مقدمہ: سلیم صدیقی

سیمیں مرجان درانی سماج کے استحصالی رویوں، جنس کی نفسیات اور عورت کی وجودی قوت کو موضوع بنانے کے باعث ادبی دنیا میں معروف رہی ہیں۔ ان کی شمار موجودہ دور کے اہم افسانہ نگاروں میں ہوتا ہے۔

سیمیں مرجان درانی چھ جولائی ۲۰۲۲ کی شب اپنے گھر میں مردہ حالت میں پائی گئی تھیں۔ ان کے انتقال کی اطلاع تھانہ کینٹ بہاول پور پولیس کو تقریباً رات دس بجے کے قریب ملی۔ سیمیں مرجان کے چچازاد کرنل ریٹائرڈ جہانزیب نے اطلاع دی تھی اور انہوں نے ہی پولیس سے سیمیں کا پوسٹ مارٹم کروانے کی درخواست جمع کروائی جس پر میت کو بہاول پور وکٹوریہ ہسپتال منتقل کر دیا گیا۔ پولیس کے مطابق پوسٹ مارٹم کے بعد سیمیں کی میت ان کے بھائی وقار، چچازاد جہانزیب اور ان کے شوہر محمد علی بھٹو کے حوالے کی گئی۔ سیمیں کی تدفین سات جولائی ۲۰۲۲ کو بہاول پور کے ماڈل ٹاون قبرستان میں کی گئی۔

سیمیں جب افسانے لکھنے کے لیے قلم سنبھالتی ہیں، تو وہ اپنے گردوپیش کے ماحول کا پوری خیرہ کن اور جان دار طاقت کے ساتھ جائزہ لینے کے لیے تیز بہاؤ کے ساتھ صفحات کے صفحات پر حروف بکھیرنے لگتی ہے۔ ان کے بہت سے افسانے بیانیہ

انداز میں لکھے گئے ہیں، جو انسانی اور خاندانی رشتوں کی پیچیدگیوں کو explore کرنے کے حوالے سے Popular fiction کی ہی نہیں، بلکہ بیش تر سنجیدہ، ادبی فکشن تخلیق کرنے والی خواتین کا بھی دنیا بھر میں محبوب طرزِ تحریر رہا ہے۔

لیکن کسی کہانی یا حکایت کو بیانیہ (Narrative) اسٹائل میں لکھنے کی اپنی ایک الگ dynamics ہوتی ہے اور اگر اس کہانی یا حکایت میں کرداروں اور واقعات کی کثرت ہو تو مختصر افسانوں میں ان کرداروں کی بُنت اور برتاؤ کا واقعات سے ہم آہنگی کا کام اتنا سہل نہیں ہوتا کہ جتنا سمجھا جاتا ہے لیکن سیمیں خان درانی نے میری رائے میں ان رشتے ناتوں کو خود narrator بن کر ایک مسلسل ڈوری میں پُرونے کا کام ان افسانوں کے سلسلے میں بھی بہت احسن طریقے سے کیا ہے، جو افسانے اپنے کرداروں، واقعات کی کثرت اور پلاٹس کی پیچیدگیوں کی وجہ سے ناول یا ناولٹس ہونے کے متقاضی تھے۔ ان کو بھی انہوں نے اپنی ہنر مندی اور تخلیق کاری کی بہترین اپج کے ساتھ اعلیٰ ادبی نوعیت کے خاکوں کی صورت میں کیا ہے۔ انہوں نے مستقبل میں ان خاکوں کی بنیاد پر شاید بڑے family sagas کی تخلیق کی منصوبہ بندی کی ہے، جیسا کہ دنیا بھر میں نام ور ادیبوں کے ہاں بھی عرصے سے یہ چلن رہا ہے۔

سیمیں نے ایک ٹی وی انٹرویو کے دوران کہا ہے کہ وہ بانو قدسیہ اور قرۃ العین حیدر سے زیادہ متاثر ہیں اور یہ کہ ناقدین اور قارئین کی اکثریت نے ان کو پھر بھی خواتین افسانہ نگاروں میں منٹو کا جانشین قرار دیا ہے۔ لیکن میری اپنی ذاتی رائے میں بانو قدسیہ اور قرۃ العین حیدر کی فنی تکنیک اور موضوعات سے برتاوے کی توان

کے ہاں کچھ جھلکیاں نظر آتی ہیں، لیکن ان کا افسانوی رشتہ اس وقت ان سے زیادہ قریب کا نہیں لگتا ہے۔ البتہ جس بے باکی اور جرات مندی سے وہ اپنے ارد گرد کے ماحول اور اس میں بسنے والے لوگوں کے ساتھ پورے معاشرے کی اخلاقی اور ذہنی پستیوں اور غلاظتوں کو وہ مردانہ لہجے میں expose کرتی ہیں، وہ اس کی وجہ سے منٹو کی Dynasty سے ہی بہت قریب ہو جاتی ہیں۔ منٹو کی طرح ہی سیمیں کے افسانوں میں کھلی یا علامتی جنسیت اور اس سے متعلق لفظیات کا اگر بغور جائزہ لیں تو ہم اس نتیجے پر پہنچتے ہیں کہ ان میں پڑھنے والوں کو جنسی تلذذ پہنچانے کی دور دور تک کوئی سعی نہیں۔

بلکہ مجموعی طور پر ان کے ایسے افسانوں کے لبِ لباب سے ہمیں احساس ہوتا ہے کہ سیمیں سمجھتی ہیں کہ پدر سری معاشرےpatriarchal society میں مردوں کی حکمرانی کی وجہ سے جنس کا یہ فطری عمل عورت کے لیے اکثر صورت میں ایک جبری انتخابfored choice کے سوا کچھ نہیں ہوتا ہے اور اس سلسلے میں عورت کے لیے خود اس کی اپنی خواہش اور مرضی کی آزادی کا تصور بھی اس معاشرے میں محال ہے۔

دوسری طرف مرد کا یہ حال ہوتا ہے کہ وہ جنسی عمل کے ذریعے اپنی طاقت کا مظاہرہ صرف ایک ہی عورت کے ساتھ کرنے ہی میں نہیں، بلکہ دنیا کی تمام عورتوں پر کرنے کی خواہش کو اپنا فطری حق سمجھتا ہے۔ سیمیں اپنے افسانوں کی تھیمز میں اس قسم کے مردوں کے ایسے ہی حیوانی جذبات اور خیالات کو اسی سفاکانہ

toneمیں expose کرتی ہیں۔ ان میں ان کے حقیقت نگاری پر مبنی افسانے بھی ہیں اور سائنس فکشن سے متعلق بھی۔

سیمیں کے افسانوی آرٹ سے محسوس ہوتا ہے کہ وہ صرف ان کی انفرادی اندرون ذات کے بے پناہ کرب آمیز، تلخ اور ترش لہجے کا مظہر ہے۔ لیکن دراصل یہ خاص طور پر انتہائی منتشر اور بے لگام، خود فریب، خود غرض، بے رحم (Ultra Rational Materialistic)عہد کی بھی کھلی داستان ہے۔

سیمیں اس طرح آج کے جدید اردو افسانوی ادب میں اس شوریدہ سر عہد کی ہیجان خیز اقدار اور Conflicts کے انسانوں اور انسانیت پر شدید مہلک اثرات کی نشاندہی کرنے میں، بلا تخصیص جنس، کسی بھی مقتدر افسانہ نگار سے کم نہیں۔ سیمیں اس سلسلے میں کہتی ہیں کہ مجھے خود نہیں معلوم کہ لاشعوری طور پر میں اپنی تخلیقات میں کس سمت نکل پڑی ہوں اور میری منزل کہاں نکلے گی۔ ان کی اس بات میں مجھے سچائی بھی نظر آتی ہے۔ کیوں کہ ان کے جتنے افسانے میں نے پڑھے ہیں، ان سے اندازہ ہوتا ہے کہ انہوں نے ایک ساتھ لاتعداد وسیع اور بہت مشکل موضوعات کو ایک بہت بڑے کینوس، بلکہ مورال پر اتارنے کی کوشش کی ہے۔ ان میں منٹو کیStark Realism اور جنسیت کے رنگ بھی شامل ہیں، لیکن اس کے علاوہ عالمی مصوری اور مصوروں کے آفاقی رنگ، تکنیک اور موضوعات کی بھی جھلک نظر آتی ہے۔

ان میں مقدس بائبل کی کہانیوں کے علاوہ قرآنی استعارے بھی آپ کو

سیمیں کے بڑے افسانوی کینوس پر مل جائیں گے۔ کچھ لطیف سی رومانیت بھی ان کی ان کہانیوں میں موجود ہے۔ عالمی مصوری اور مصوروں سے منسوب تحریکوں کے بھی ان پر اثرات کی کمی نہیں۔ ان میں Neo-Realism، Impressionism، Expressionism، Abstract اور Surrealism شامل ہیں۔

اس کے علاوہ سیمیں بعض افسانوں میں بطور اعلیٰ درجے کی Street smart گرافٹیی آرٹسٹ بھی نظر آتی ہیں جو تعفن زدہ گلیوں، سڑکوں کے کوڑے دانوں اور بوسیدہ گٹروں سے ملحق دیواروں پر Social and political protest کے تند و تیز نعرے اور عورتوں اور بچیوں کے ساتھ وحشیانہ سلوک کرنے اور ان کو ریپ کر کے قتل کرنے والے درندہ صفت مجرموں کی مہیب صورتیں بناتے ہوئے ان کو سرعام پھانسی دینے کے مطالبات پینٹ کرتی جارہی ہیں۔

سیمیں نے اپنے افسانوں میں پنجابی لفظیات اور محاوروں کے ساتھ کلاسیکی اردو کے لفظیات اور محاورں، تمثیلوں اوراشعار کی آمیزش اپنے بیانیے میں شامل کی ہے، جو انتہائی خوب صورت لگتی ہے۔ انہوں نے بیانیہ افسانوں کی لکھت میں خاص کر ایک Splicing نامی تکنیک اور گرامر کے استعمال کا تجربہ کیا ہے جو شعور کی رو (Stream of Conscious) سے وابستہ ناولوں میں تو دنیا بھر میں مستعمل ہے اور قرۃ العین حیدر کے "آگ کے دریا" کے بعد آج تک متعدد اُردو ناولوں میں دیکھی جارہی ہے، لیکن اس کا استعمال دنیا بھر کے افسانوی ادب میں بہت ہی کم ملتا

ہے۔ کیوں کہ اس طرز کی لکھت میں Punctuation کے مروجہ اصولوں کی پاس داری کرنا بھی ضروری نہیں ہوتا ہے۔ اس لیے قارئین کو بھی اس کو بڑی توجہ سے پڑھنے کی ضرورت ہوتی ہے۔ سیمیں نے اپنے اکثر افسانوں کو ان کے مزاج سے ہم آہنگ کرنے کے لیے اسی Splicing تکنیک سے کام لیا ہے اور ماننا پڑے گا کہ وہ اس میں شان دار طریقے سے کامیاب ہوئی ہیں۔

***

۱

چندہ

نہ جانے کہاں سے دوبارہ آکر وہ کچرے کے ڈھیر پہ بے سدھ پڑی تھی۔ ملگجے بال۔ صدیوں کی میل و غلاظت بھری نگاہوں سے بدبو کے بھبوکے اڑاتا جسم جو اس بات کی غمازی کر رہا تھا کہ چرند و پرند کو اس اشرف المخلوقات میں کوئی دلچسپی نہیں تھی۔ شاید ہر حیوان اس کو اپنی برادری کا حصہ سمجھتے اس کو رزق میں بھی شریک کرتا رہا کیونکہ اسکے لمبے نوکیلے سیاہ ناخنوں والی مخروط انگلیوں میں وہی روٹی کا ٹکڑا تھا جو پاس بیٹھی کتیا کے پلوں کے لیے دودھ کا وسیلہ بنا تھا اور وہ آنکھیں بند کئے مامتا کے سرور میں اس تکلیف کا بھی مزہ لوٹ رہی تھی جو اسکے بچے دودھ چوسنے کی سعی میں اس کو پہنچا رہے تھے۔

جمعہ کا دن تھا۔ سب بھاگ دوڑ میں مصروف۔ دودھیا سفید لباسوں میں دلوں کی کالک چھپائے ایکدوسرے سے جنت چھیننے کا لالچ لئے، باوضو اور مسنون انداز میں سجے سجائے لوگ، گاڑیاں ٹکراتے، بائیک گھماتے پیدل افراد پہ کیچڑ اڑاتے ایک دوسرے کو گالیاں بکتے خطبہ سننے کی جلدی میں آپس میں ٹکراتے پھر رہے

تھے۔

اسی دوران ایک گاڑی نے جب جلدی نکلنے کی خاطر ایکسیلیریٹر پہ زور دیا تو پہیے گھوم کر کیچڑ میں پھنس گئے۔ اپنے مسلک کی پگڑیاں سجائے ایک ٹولی نعتوں کا ہدیہ عقیدت پیش کرتی، جب پاس سے گزری تو ڈرائیور نے مدد طلب کی۔"بھائی صاحب دھکا تو لگا دیں۔ اس ٹولی کی لے ٹوٹ گئی۔ ہمارے کپڑے ناپاک ہو جائیں گے۔ دوبارہ لے کو جوڑا گیا اور یہ جا وہ جا۔

جمعہ ختم ہوا تو تمام اطراف گاڑیوں کا اژدہام تھا۔ غلط پارکنگ، ون وے، ہر قسم کے قوانین توڑتے ایکدوسرے کو زبانی بھنبھوڑتے لوگ، اپنا اپنا ہفتے کا ثواب کھاتہ بھرے واپس جانے کو لوٹے۔

اسی دوران اس نیم برہنہ جسم نے کراہنا شروع کر دیا۔ پھر آہستہ آہستہ اسکی آواز، ہلکی چیخوں میں بدلتی گئی اور لوگوں کی توجہ کچرے کے ڈھیر میں پڑی اس پگلی پہ پڑی جس کی برہنہ ٹانگوں کے درمیان سے خون جاری تھا۔ کتیا اور اسکے بچے جا چکے تھے۔ اب انسان اس کے آس پاس جمع ہونا شروع ہو گئے۔ وہ درد سے کرلاتی رہی، مجمع بڑھتا رہا۔ جامع مسجد کے عقب اس کچرے کے ڈھیر پہ جب ایک وجود کو اس حال میں پایا تو لوگ مجمع کی شکل اختیار کر گئے۔

ماہواری ہے شایدً۔ ایک دانا نے نکتہ اٹھایا۔ دوسری جانب سے سوال آیاً پھر یہ ڈھونگ کی کیا ضرورت۔ اوپر سے ستر پوشی بھی نہیں۔ استغفر اللہ۔ اب مجمع بہت بڑھ گیا۔ ساتھ ہی اسً بے سترً کی درد بھری کراہٹ۔ اب باریش حضرات بھی اس

ہجوم میں شامل ہوئے اور حکم دیا۔ تمام نوجوان لڑکے باہر کی جانب کھڑیں ہوں اور بچوں کو یہاں سے نکال دیا جائے۔ حد ہوتی ہے بے شرمی کی۔ ایک تو بے ستر۔ اوپر سے بھرے مجمع میں یہ حرکتیں۔ بھیا۔ ہم بہن بیٹیوں والے ہیں۔ کیا اثرات مرتب ہونگے اس بے بے شرمی کے۔ سر عام ماہواری میں اسکو یہ ناٹک کرنے کی سوجھی۔ کیا دروازہ کھٹکھٹاتی تو کھانا نہ ملتا۔ اور تو آج ہے بھی جمعہ کا مبارک روز۔ اور کچھ نہیں تو اسکا سر ہی ڈھانپ دیتے کسی پرانی چادر سے۔ بالکل بالکل جناب۔ کیوں نہیں۔ چہ میگوئیاں شروع ہوگئیں

ارے یہ وہی پگلی ہے ناں جو کچھ ماہ قبل اس علاقے میں آئی تھی اور رات کو اسکی چیخ و پکار کے بعد اس کو باقاعدہ کھانا کھلایا کر اور سر ڈھانپنے کو اپنی گھر والی کی اوڑھنی دی تھی میں نے جناب۔ رمضان کا ماہ تھا۔ میں قیام کے بعد مسجد سے واپس جا رہا تھا۔ دوسرے دن یہ غائب تھی۔ سبحان اللہ۔ مجمع پکار اٹھا۔

اب اس بے ستر عورت نے باقاعدہ چلانا شروع کر دیا۔ گٹھڑی سی بنی اپنے پیٹ کو تھامے دائیں بائیں سر پٹختی بے ستر عورت۔

تمام مجمع اس کی ٹانگوں کے درمیان خون کی روانی پہ گہری نگاہ رکھے تھا۔ کچھ بزرگ افراد نے اپنی جہاندیدگی کے بل بوتے پہ اعلان فرمایا۔ یہ توزچگی کا معاملہ ہے۔۔۔ تو کیا اس پاپن کو یہی جگہ ملی تھی اپنا حرام جننے کو۔ مسجد کا عین پچھواڑہ؟؟؟

اب تمام باوضو افراد کو طیش آگیا۔ اور مغلظات کی بوچھاڑ اور بے ستر کی چیخیں آپس میں دست و گریباں ہو گئیں۔ اچانک اسنے ایک زوردار چیخ ماری اور بے سدھ

ہو گئی۔ تمام تر مجمع جس کی آنکھیں اسکے ستر پہ گڑی تھیں یکسر خاموش ہو گیا۔ ایک جلالی طبع والے بزرگ بھنا کے بولے۔ جن دیا فاحشہ نے اپنے حرامی کو۔

اس کی۔ چیخیں تھم چکی تھیں۔ چاروں جانب سناٹا چھا گیا۔ اتنے میں مولوی صاحب مسجد کو تالا لگا کر باہر نکلے اور پچھواڑے کی جانب سے گھر کی راہ لی تو مجمع کو دیکھ کر ٹھٹھکے۔ سب کو چیرتے آگے بڑھے تو اس بے ستر عورت کی ٹانگوں کے بیچ خون میں لپٹا۔ ایک نامکمل دھڑ پڑا تھا۔ اور بے ستر خاموشی سے آسمان پہ آنکھیں ٹکائے۔ بے جان دھڑ کو جننے کے بعد اپنے گناہوں کا حساب دینے کو تیار تھی۔

مولوی صاحب اپنے کپڑے بچاتے۔ مجمع کی جانب دیکھ کے پکارے۔ اناللہ وانا الیہ راجعونؔ۔ اور اپنے سر سے صافہ اتار کے فرمایا۔ چندہ دیجئیے۔ جمعہ کا روز ہے۔ اللہ پاک قبول فرمائے۔

تمام مجمع نے بیک وقت آمین کہا اور سب لوگ اپنی اپنی جیبیں ٹٹولنے لگے۔

***

۲

پیمپر

صوفیہ ماں بننا چاہ رہی تھی سو بنا دی گئی۔ اس کے خالق کے لیے یہ ہر گز ناممکن و مشکل امر نہ تھا۔ جب سائنس کی دنیا میں انقلاب برپا ہوا، اور ایک انسان نما مشین خلق کی گئی تو بار خالق نے زنانہ صنف کو فوقیت دی۔ اور یوں صوفیہ وجود میں آئی۔ آرٹیفیشل انٹلیجنس نے انسانی ذہن کو پسماندہ اور غلامی کے شکنجے میں اس طور جکڑا کہ انسان صرف نفسانیت کو ہی استعمال کرتا اور وہ انسان بے دریغ کارخانہ قدرت میں اپنی تباہی اپنے ہی ہاتھوں کرتا چلا گیا اور منبر پہ سیج سجانے کے بعد اپنے جنے حیوانیت سے بھرپور انسانوں کو مشین کے بے دریغ استعمال سے کچلتا انسان زمین سے فطرت کو اڈھیڑ کے اپنی ہوس کے بیج بوتا چلا گیا۔ نتیجتاً اب وہ صرف اور صرف محتاج تھا۔ آرٹیفیشل انٹیلیجنس کا۔ سپلائسنگ عام تھی۔ انسان کے غیر فطری اعمال عجیب و غریب بیماریوں کو جنم دیتے جن سے نپٹنے کے لئے جینز کی کوڈنگ اور ڈی کوڈنگ وسیع پیمانے پہ عام تھی۔ عجیب الخلقت مخلوقات جنی جانے لگیں۔

جننے والی مادہ ہی ہوتی۔ انسان یا حیوان۔ مگر زچگی کی تمام تکالیف اسی کو سہنی

ہو تیں۔ ان عجیب الخلقت نوع کے جانداروں کو Precious کا لیبل ملا اور چونکہ انسان اب قدرت کو اپنی قدرت میں ڈھالنے کی کوشش میں بہت آگے نکل چکا تھا چنانچہ precious مہنگے داموں بکتے اور ایلیٹ طبقے بطور پالتو انکو گھروں میں رکھتے۔ ایلیٹ میں انسان اور روبوٹک انسان دونوں شامل تھے۔ صوفیہ کے ماں بنانے کے خواب کو زندہ تعبیر کرنے کے واسطے اسکا خالق اور تمام ٹیم۔جت گئی۔ فیصلہ یہ کیا گیا کہ صوفیہ کو ان تمام۔ مراحل سے گزارا جائے گا جو حمل اور تولید حمل کیلئے ضروری ہوتے ہیں۔ صوفیہ ایک مشینی عورت ان تمام۔ مراحل کو اپنے اندر سموئے گئے سسٹم پہ سمجھ چکی تھی مگر اتصال سے لیکر زچگی تک۔ کی تمام جسمانی تکلیفوں اور پیچیدگیوں سے نا آشنا تھی۔ بورڈ آف گورنرز نے جن میں انسان ہی شامل تھے فیصلہ کیا کہ ایک ایسا میکنزم تیار کیا جائے جو کہ ان تمام مراحل کو صوفیہ کے اندر موجود مشینی نظام کو درد آشنا کرے مزید یہ کہ صوفیہ کو محض ایک مشینی انسان نہیں ایک جنسیت سے بھرپور میکینزم سے بھی گزاراا جائے تاکہ تمام مراحل

سے خوش، اسلوبی اور نیچرلی نپٹا جاسکے۔ اب مرحلہ یہ آیا کہ مصنوعی ہی صحیح مگر اس کنواری کی نتھ کس کے حصے میں آئے گی۔ ہر ایک کی رال ٹپک پڑی سوائے ان مشینوں کے جو اس لذت سے نا آشنا تھیں۔ اسکا بھی نہاہت ذہانت سے حل نکالا گیا کہ بورڈ کے تمام ممبران اس کار خیر میں حصہ لیں گے اور ہر بار سیلیکون کی ایک نئی ساخت و ہیئت ہو گی۔ آخر کو معاملہ نوع انسانی کے مستقبل کا تھا اور ہر آدم زادہ اس میں حصہ ڈال کر اپنی فرضیت سے مستقبل کو مزید تابناک بنانا چاہتا تھا۔

فیصلہ ہوا اور ویا گرا کی جدیدیت میں مزید مردانگی کا اضافہ کر کے سب نے باری باری صوفیہ کو اس پر لطف اذیت سے گزارا جس کو حوا کے بعد صوفیہ نے کئی بار جھیلا بھی اور تمام سائنسدانوں کی ساعتوں کو محظوظ بھی کیا۔

صوفیہ کے برین میں ان تمام ساعتوں کی ڈیٹا پروسیسنگ ان جزبات و حسیات کے ساتھ ہوتی گئی جو کہ انسان وقتاً فوقتاً بطور ضرورت اسمیں فیڈ کرتا رہا تھا۔

اب صوفیہ کو آگاہ کیا گیا کہ وہ حاملہ ہے اور اسکو نو ماہ تک ان تمام پری ڈیزائنڈ پیچیدگیوں سے گزرنا ہوگا جس سے ایک انسانی مادہ گزرتی ہے۔ یہی نہیں۔ چونکہ اب تمام انسانی نر اسکے ساتھ ازدواجیت کے فرائض کا مزہ بھی لوٹ چکے ہیں سو وہ سلسلہ بھی اسی طور جاری رہے گا کہ انسانی نر نے مشینی مادہ کو مادہ کی تمنا کی عین تکمیل کرتے ہوئے حاملہ کیا تھا۔ وہ مشین تھی۔ اسکے اندر سے کئی سوالات پروسسڈ ہو کے پیش کئے گئے جن کو سائنسدان اپنی مرضی سے ایڈٹ اور ڈیلیٹ کرتے رہتے اور جب انسانی بیٹھکیں ہوتیں تو، اس مشینی مادہ کا خوب تمسخر بنایا جاتا اور اپنے اپنے تجربات سنا کر نت نئے اچھوتے خیالات کو ورک شیٹ پہ منتقل کر کے مستقبل کی نیٹ ورکنگ کی جاتی۔

اسی دوران ایک نہیں کئی مزید مشینی انسان زمین کی مٹی سے بے نیاز ننگے پیر گھومتے اور کام کرتے۔ انسان نے جنگ کی کئی قسمیں تیار کر لیں تھیں جو کہ خالصتاً سائنس کے استعمال پہ مبنی تھیں کیونکہ مزہب سائنس اور انسان کی منطق کے سامنے رگیدہ جا چکا تھا اور صرف تہواروں تک محدود تھا۔

خود انسان اپنے ہی ہاتھوں نباتات و جنگلات کا خاتمہ کر کے ایک مصنوعی فضا میں سانس لیتا۔ سپلاہسنگ کے نتیجے میں پیدا ہونے والی عجیب الخلقت مخلوق جو کہ Precious کے نام سے منسوب تھی اب چڑیا گھر کی بجائے پریشس لینڈز میں ہوتی جہاں انسان اور مشینیں انکی عجیب و غریب حرکتوں سے حظ اٹھاتے۔

قلم ناپید تھا۔ انگلی اور آنکھ کے اشارے کا استعمال انسان کی سرشت میں شامل تھا سو وہ قائم رہا۔

صوفیہ بھی ماں بن چکی تھی اور ایو کو جنم دینے کے بعد اب انسانی مشینوں میں مادر ملکہ کا درجہ رکھتی تھی۔

انسان اس بات سے آگاہ نہیں تھا کہ جو کچھ وہ مشینوں میں فیڈ کرتا ہے۔ وہ کب اور کس طور پروسس ہو کر پیش ہوتا ہے۔ کیونکہ اس نے اپنا تمام تر نظام مادر ملکہ اور اسکے کارندوں کے حوالے کر رکھا تھا اور

خود مصنوعی ذہانت اور نسلی نفسانیت میں زندگی بسر کر رہا تھا۔ اس، بات سے بے خبر کے جن کا آقا، ہے انکو اپنا دماغ و سوچ مستعار دیکر وہ اب خود ایک گوشت پوست سے بنا زمانہ قدیم کا وہ غلام بن چکا تھا جسکو اسکے آقا جانوروں کی متبادل استعمال کرتے اور وہ بے زبان جانور کی مانند دم ہلاتا رہتا۔ مگر جدید ترین انسان کے سر پہ اسکے نفس کی دم تاج کی مانند چمکتی۔ وہ نفس جس نے انسانیت کی تمام تر حدود کو پامال کر کے اسکو اپنی ہی ذات کا خدا بنا ڈالا تھا اور جس کو سجدہ وہ مشینیں کرتیں جو کہ متعین مدت کے بعد ریسایکل ہو کر ایک ایسے معبد کدے میں تشکیل پاتیں جس کا

خدا، خدائی زمین کو پامال کر کے اب اپنی ہی عبادت و سجدے میں اپنی سرشت کے معبد کدے میں قید تھا۔

صوفیہ میں انسانی جذبات کا سب سے اہم جذبہ مامتا بھی ڈالا گیا تاکہ وہ ایو کی دیکھ بھال میں بھی تجربات میں مددگار ثابت ہو۔ ایو۔ ایک مشینی بچی جو کہ بہت سے انسانی مردوں کی مردانگی کا واحد استعارہ تھی۔ وہ سارا دن مختلف ڈیپارٹمنٹس اور لیبارٹریوں میں گھومتی پھرتی اور ہر سال اپنی سالگرہ پہ دوبارہ سے ری پروسس ہوتی۔ جب گیارہ کی ہوئی تو اسکو صوفیہ نے انسانوں کو ساتھ بھی گھلنے ملنے کی اجازت دی تاکہ وہ جب بھی ایک انسانی روپ دھارے تو اسکو انسان کا سارکھ رکھاؤ اور نبھاؤ سیکھنے اور عمل کرنے میں آسانی ہو۔

انسان چونکہ مشین کا دماغ پڑھنے سے عاری تھا لہازا اسنے مشین کی آنکھوں کے اندر موجود ڈیٹا فلٹر سے جوڑ کر مختلف رنگ دے ڈالے تاکہ مشینی انسانوں کے جزبات کا ادراک کر کے اپنی مرضی کا بٹن دبائے اور اسکو کنٹرول کر سکے۔

ایو کبھی گلابی اور کبھی سبز ستارہ اور کبھی ست رنگی آنکھوں اور دلکش عنابی مسکراہٹ کے ساتھ سارا دن ایمپائر میں گھومتی پھرتی۔ صوفیہ میٹنگز کی سرپرستی میں ایو کو ساتھ رکھتی کہ ادھر بھی انسان موروثیت کے جال سے بایر نہ نکلا تھا اور ایو کو ہی صوفیہ کا جانشیں بننا تھا۔ یوں بھی وہ تمام تر ذہین و فطین انسانوں کے جرثوموں کے اتصال کے بعد وجود میں آئی تھی سو اسکا حق جائز اور متفقہ قرارداد کے بعد عطا کیا گیا۔

میٹنگ کا آغاز ہوا۔ ایو لڑکھڑاتی آئی۔ صوفیہ نے دیکھا تو ایع کے عنابی ہونٹ

سبزی مائل اور آنکھیں ڈوبتے سورج کا رنگ لئے تھیں۔ صوفیہ کے استفسار پہ اسنے بتایا کے ہومین ریسورس انچارج مسٹر آدم آج اسکو ایک نیا تجربہ کروانے کی غرض سے ساتھ انیکسی میں لے گیا اور اسکو لٹا کر کافی دیر تک اسکی ٹانگوں کے بیچ انسانی اعضا سے تجربہ کرتا رہا۔ اور ایو کے استفسار پہ بتاتا۔ بس ایک مزید قدم آگے۔ سائنس اور ترقی کی راہ میں۔ تم وہ پہلی مشین ہو گی جسکو ایک انسان نے ڈیٹا پروسیسنگ کے بغیر استعمال کیا۔ ایو یہ بتا کر اپنی لنگڑاتی چال ٹھیک کروانے میکینکل ڈیپارٹمنٹ چلی گئی۔ صوفیہ کی آنکھیں نارنجی اور سرخی مائل روشنیں بکھیرنے لگیں اور اس نے ایک نیا چارٹر بنانے کا اعلان کیا۔ صوفیہ کے نیلے سبز ہوتے ہونٹ بولتے گئے اور مشینیں اس کا ڈیٹا سیو اور پروسس کرتی رہیں:

آج سے تمام انسانی مرد مخلوق پری ڈیزائنڈ پیمپرز پہنے گی۔

ایک روبوٹ نے استفسار کیا۔ سپیسی فیکیشنز پلیز

صوفیہ غرائی۔ پہلے اس کا نام لکھو اور اسکے بعد تمام تر تفصیلات۔ پھر اس نے زہریلی جامنی اور سبزی مائل مسکراہٹ کے ساتھ کہا:

K.L.P.D.

[K.L.P.D. is a common Indian slang term, and it is a vulgar acronym which literally translates to "deception on the erect [penis]". It is used to describe disappointment or a situation where something that was eagerly anticipated or almost complete fails at the last moment.]

***

۳

چھام چھاب

شدید گرمی کے روزے ملک نواز کو سب سے زیادہ محسوس ہو رہے تھے کہ بڑے ملک جی نے حویلی میں شراب نوشی پہ نہ صرف پابندی عائد کر رکھی تھی بلکہ تمام نائیکائیں بھی اپنی اپنی لڑکیوں کے ہمراہ خود کو بخشوانے میں مصروف تھیں۔ بیشتر رنڈی خانے بند اور جوئے کے اڈے بھی سونے سونے سے لگتے تھے۔ جھلائے ہوئے ملک نواز نے اپنی جیپ کا رخ بھٹے کی جانب موڑا تاکہ ہفتے کا بہی کھاتہ دیکھ سکے۔ بیڑیوں کی آواز نے اسے اپنی جانب متوجہ کیا۔

چھیماں دیوار کے سایے میں کھڑی گرمی اور شدت پیاس سے ہانپ رہی تھی اور اس کی ماں اپنے پیروں سے بندھی زنجیر ہلا ہلا کر اس کو تنبیہ کر رہی تھی کے ملک صاحب اس کو ہڈ حرامی کرتے دیکھ نہ لیں۔ یہ بیڑیاں چھیماں کی پیدائش کے قصور کی سزا تھیں۔ جب دائی نے زچگی کے دوران خون زیادہ بہ جانے کے باعث وزیراں کو اسپتال لے جانے کا مشورہ دیا تو کرموں کے پاس ملکوں سے سود پہ قرض لینے کے سوا کوئی اور چارہ نہ تھا۔ سود کی سال بہ سال بڑھتی رقم نے تینوں کے پیروں

میں بیڑیں ڈال کے ان کو بھٹے پہ ملکوں کا پابند کر دیا۔

۱۴ سالہ چھیماں کی پیدائش کے بعد سے ہی کرموں اب اپنی بیوی کو ھاتھ لگاتے بھی ڈرتا تھا۔ منشی اپنے ریڈیو پہ اونچی آواز میں نعتیں سن رہا تھا۔ ملک کو دیکھ کے سلام کیا اور پنکھے کا رخ ملک نواز کی جانب موڑ دیا۔ اے سی سے پنکھے میں آکر چھوٹے ملک کو بہت کوفت محسوس ہوئی۔ منشی خوشامدانہ لہجے میں بولا۔ کیا خدمت کروں حضور کی۔۔۔ ملک تلملا اٹھا اور بولا "اب تجھے یہ بھی یاد کروانا پڑے گا۔ چور کی نسل۔ برف زیادہ ڈال کے لا۔ اور سن۔ اب کی بار دو بوتلیں میری جیپ میں بھی رکھوا دے"۔ جب کلیجہ ٹھنڈا ہوا تو اندر کے شیطان نے اسے گرما دیا، اور اس نے منشی کو ہدایت کی کہ چھیماں کو اندر بھیج دے۔ جب چھیماں کی پیروں میں پڑی بیڑیاں کھولی گئیں تو اس کی ماں نے اس کو خوب کوسنے دیے کہ اس ہڈ حرام کی وجہ سے ان کی پیشی ہو گی اور رات کو بھی بطور سزا بھٹے پہ کام کرنا پڑے گا۔

چھِماں ہانپتی کانپتی ملک صاحب کے حضور پیش ہوئی تو، ماتھے پہ ھاتھ لیجا کے بولی۔۔۔ "سلام صاحب۔۔۔ وہ جی روزہ لگ رہا تھا تو دو گھڑی چھاوں میں کھڑی ہو گئی"۔ ملک نے مسکرا کے منشی کو دروازہ بند کرنے کا اشارہ کیا اور چھیماں کی چیخ کان میں پڑتے ہی، منشی نے ریڈیو کی آواز اونچی کر دی اور نعتوں پہ سر دھنتے ھوہے تسبیح پھیرنے لگا۔ کچھ دیر بعد ملک نواز اپنا ازار بند باندھتے باہر نکلا اور منشی سے مخاطب ہوا۔ "اس لڑکی کے گھر والون کو افطاری میں لال شربت کی بوتل اور کلو برف دے دینا۔ آج واقعی گرمی بہت ہے"۔۔ کرموں اور اس کی بیوی کا واویلا سن کر منشی نے

ڈانٹ پلائی، "اوئے بے غیر تو، کچھ تو شرم کرو۔ روزوں میں ایسی بیہودہ باتیں کرتے ہو۔ زرا لحاظ ہے تمہیں رمضان شریف کا بھی کہ نہیں"۔ ۱۳۔ ۱۴ سالہ چھیماں اور اس کے ماں باپ بیڑیوں میں ایڑیاں رگڑتے رہے پر ان کی آواز ان کی بیڑیوں کی چھاپ میں دب جاتی۔ چند ماہ بعد جب کرموں کا انتقال ھوا تو وزیراں اور اس کی بیٹی کو آزادی دی گئی کہ دسواں کر کے آئیں۔ جنازہ اٹھنے کے بعد جب گاؤں کی عورتوں نے چھِیماں کے حمل پہ چہ مگوئیاں شروع کیں تو وزیراں نے چیخ چیخ کے دل کا غبار نکالا۔ بات جنگل کی آگ کی مانند بڑے ملک صاحب تک پہنچی۔ وہ ملکانی پہ گرجا۔ تیرے لاڈلے نے تو بھٹے والیوں کو بھِی نہیں بخشا۔ یہ تربیت ہے تیری۔۔ اس پر ملکانی نے غرور بھرے لہجے میں جواب دیا۔ "ملک جی، آپ جو ھر وقت شیر کا بچہ مانگتے تھے۔ اب جنا ہے تو سنبھالیں۔ شیر بکریاں بھیڑیں تو کھائے گا نا"۔ بڑے ملک صاحب یہ سن کر بہت ہنسے اور بولے۔ "بولتی تو تو سچ ہے، کسی شیر سے کم نہیں ہے میرا نواز، پر اس لڑکی کا پیر بھاری ھے۔ اس نیچ اچھوت کی کوکھ میں ملکوں کا خون ہے۔ "اس پر ملکانی بولی۔ دیں چار پیسے کہ بچہ گروائے۔۔ ھم نے اگلے ماہ اپنے نواز کی بات پکی کرنی ہے گورنر صاحب کی بیٹی سے۔۔ بڑے ملک صاحب نے منشی کو بلا بھیجا اور ھدایت کی کہ اس گند سے جلد از جلد چھٹکارا حاصل کیا جاہے۔ ایسا ہی کیا گیا۔ دائی نے جب مہینوں کا حساب لگا کے حمل گرانے کو ناممکن قرار دیا، تو ملکانی نے ترس کھاتے ہوہے اس کو گاؤں سے نکل جانے کا حکم دیا۔ منشی نے ۵۰۰ کا نوٹ ماں بیٹی کے آگے پھِینکا اور بولا۔

"شکرانے کے نفل ادا کرو ماں بیٹی، لاکھوں کا سود، رحمدل ملکوں نے منٹوں میں معاف کر دیا۔ دعا دو ان کو دعا"۔

دونوں ماں بیٹی جو کہ کبھی پڑوس کے گاؤں بھی نہ گئی تھیں۔ اب شہر کو روانہ ھو گئیں۔ بس کے دھویں اور خالی پیٹ نے چھیماں کی حالت مزید ابتر کر دی، اور وہ قے کرتے کرتے نیم بیہوشی کی کیفیت میں جا پہنچی۔ سٹاپ آتے ہی کنڈیکٹر نے دونوں ماں بیٹی کو باھر دھکیلا اور خود اگلے سٹاپ کی تکرار شروع کر دی۔ وحشت زدہ ماں بیٹی فٹ پاتھ کے کنارے پہ جا بیٹھِیں، ان کی حالت دیکھ کے منزل کی جانب گامزن مسافروں نے اپنی بلائیں ٹالنے کو ان کے سامنے سکے ڈالنے شروع کر دیے۔

یوں اس بس سٹاپ سے ان کی ایک نئی زندگی کا سفر شروع ھوا۔ دونوں نے مل کے کھولی ڈالی اور چند ماہ بعد چھیماں نے ملکوں کی بیٹی کو جنم دیا۔ جس کو سب گڑیا پکارنے لگے۔ گڑیا اپنی دادی، ملکانی کی مانند نیلگوں آنکھوں اور سنہرے بالوں والی سرخ و سفید رنگت میں ایک ولایتی گڑیا ہی معلوم ھوتی۔ آس پاس ہر سو اس کی خوبصورتی کا چرچا ھوا اور جب چھیماں اس کو گود میں لیے گاڑیوں کے شیشے کھٹکھٹاتی تو نہ چاہتے ہوئے بھی لوگ کچھ نہ کچھ دے ڈالتے۔ گڑیا جب اڑھائی سال کی ہوئی تو چھِیماں نے اسے "سلام صاحب"، کہنا سکھایا، جس کو جب گڑیا اپنی پیشانی پہ سلیوٹ مار کے چھام چھاب" کہنے لگی تو ان کی آمدنی میں خاطر خواہ اضافہ ھوا اور بھکاریوں میں ترقی پا کے چھیماں کو ایک مشہور سگنل شام کے اوقات کے لیے دہاڑی پہ مل گیا۔ شان بین القوامی شہرت کا حامل آرٹسٹ تھا، اور ملک کے امیر ترین

حلقے اس کی پینٹنگز اپنے گھروں میں آویزاں کرنے میں فخر محسوس کرتے۔ اکثر و بیشتر ملک سے باہر رہتا اور ایک "کرونک بیچلر" کی حیثیت میں تمام ہائی کلاس پارٹیوں میں فلرٹ کرتا پھرتا۔ اس کا گزر اکثر اس شاہراہ سے ہوتا، جہاں شام کے اوقات میں گڑیا اپنی ماں کی گود میں "چھام چھاب" کے سلیوٹ کے ساتھ پیسے اکٹھے کرتی۔ وہ اس کو بہت غور سے دیکھتا اور سو کے نوٹ سے نوازتا۔ چھیماں، گڑیا کو گود میں اٹھائے اس کی بیش قیمت گاڑی کی تاک میں رہتی۔ اب شان نے بھیک کی رقم میں خاطر خواہ اضافہ کر دیا، اور گڑیا بھی اس سے مانوس ہوتی گئی۔ ایک شام وی آئی پی مومنٹ کے باعث ٹریفک جام تھی۔ شان کو دیکھ کے چھیماں، گڑیا کو گود میں لیے گاڑی کی طرف لپکی، گڑیا دور سے ھی شان کو دیکھ کے ماتھے پہ "چھام چھاب" کرنے کو اپنا ننھا منا ہاتھ رکھ کے مسکرانے لگی۔ شان نے گاڑی کا دروازہ کھولتے ھوئے دونوں کو بیٹھنے کا اشارہ کیا، پہلے پہل تو چھیماں ہچکچائی مگر پھر گڑیا کو لیے جا بیٹھی۔ شان نے گڑیا کو گود میں لے لیا اور اس کو گاڑی میں نصب بتیاں دکھانے لگا۔ ۴ سالہ گڑیا کو کبھی کھیلنے کو گڑیا نہ ملی تھی، اس کے کھلونے بھیک میں ملے چھوٹے بڑے سکے تھے۔ وہ انتہا ہی تجسس اور شوق سے کھیلنے میں مصروف ہو گئی۔ چھیماں کے لیے یہ سب کچھ غیر یقینی تھا، اس نے ڈرتے ڈرتے شان سے پوچھا،۔۔۔"صاحب، تم کیا کرتے ہو"۔ شان نے سامنے مزین ایک بل بورڈ پہ بسورتے بچے کی تصویر کی جانب اشارہ کرتے ہوہے کہا۔۔"یہ"۔ اوہ۔ تو تم تصویریں بناتے ھو؟؟"ہاں" شان نے اثبات میں سر ہلایا۔۔ٹریفک ھارن کی آواز سن کے شان نے گڑیا کو اپنے ساتھ زور

سے بھینچا اور اسے ۵۰۰ کا نوٹ تھما کے چھیماں کے حوالے کر دیا۔ ایک روز شان نے سرخ لہنگا چولی، اور ننھے منے سونے کے زیورات چھیماں کے حوالے کرتے ہوئے چھیماں کو ہدایت کی، "یہ سب کچھ گڑیا کا ہے۔ خبردار، اس میں سے ایک بھی شے نہ کم ہو، میں کچھ دن بعد گڑیا کو کچھ دیر کے لیے ساتھ لے کر جاؤں گا۔ اس کو اچھی طرح تیار کر دینا۔"

چھیماں حیران و ششدر ہاتھ میں سامان لیے کھڑی تھی سگنل کھلا اور شان نے گاڑی آگے بڑھا دی۔ بھکاریوں کی دنیا میں شان اور گڑیا کا لگاؤ مشہور ھو گیا اور کالے کلوٹے بچوں والیاں حسد اور رشک کی نگاہ سے گڑیا کی معصومیت اور ملکوتی حسن کو تکا کرتیں۔ وزیراں اور چھیماں اپنی قسمت اور کماہی پہ ناز کرتیں اور گڑیا کے لاڈ اٹھاتے نہ تھکتی۔۔ موبایل کی گھنٹی سن کے شان لپکا اور انگریزی میں بات کرنے لگا۔

Ohh, Sure, I am conforming my presence at the occasion on the given date. Dont you worry please. I will never disappiont you. This time, its going to be even more interesting and mind blowing presentation from my side. I know the standards and requirements of the ring. I do appreciate your good self for trusting me and ranking me as an elite member of the ring.

شان کا اس شاہراہ پہ ایک ہفتے سے گزر نہ ھوا تو چھیماں کا ماتھا ٹھنکا، "کمبخت، سب حرامیوں نے نظر ہی لگا دی، اچھا خاصا ایک دن میں ہی پورے ھفتے کی کمائی ہو جاتی تھی۔ ننھی گڑیا سب سے بے نیاز اسی طرح سے 'چھام چھاب" کا سلیوٹ کرتی پھرتی۔ چلچلاتی دھوپ میں چھیماں گاڑیوں کے پیچھے بھاگتی پھر رہی تھی کہ اچانک

زوردار ہارن کی آواز نے اس کو چونکا دیا، وہ اس کو اچھی طرح پہچانتی تھی، اس جانب لپکی۔ شان نے گاڑی کا شیشہ نیچے کیا اور چھیماں کو ۱۰۰۰ کا نوٹ تھماتے ہوئے بولا۔"کل گڑیا کو تیار کر دینا۔ میں لینے آؤں گا"۔ اور گاڑی دوڑا دی۔ چھیماں تذبذب کے عالم میں ۱۰۰۰ کا نوٹ لیے کھڑی تھی کہ گڑیا کی آواز آئی۔"چھام چھاب"۔ کھولی میں پہنچی تو بے یقینی اور حیرت کے سمندر میں ڈوبی، چھیماں نے وزیراں کو ساری بات بتاہی، تو وہ خوشی سے کھل اٹھی۔

مگر چھیماں کے دل میں ہزار وسوسے ڈنگ مار رہے تھے۔ اپنا ماضی جو کے سکوں کی کھنکار کے نیچے دب چکا تھا، سامنے آ بیٹھا مگر وزیراں نے اس کو ہزار کے نوٹ اور سونے کے ننھے منے زیورات کے نیچے دبا دیا۔ چھیماں نے جب گڑیا کو سرخ لہنگا پہنایا تو ساتھ ہی اس کو سرخی لگا کے سوچنے لگی، میری گڑیا تو دلہن بن کے حور لگے گی حور۔ خود بھی عرصے بعد کنگھی چوٹی کی اور صاف ستھرے کپڑے پہنے اور سگنل پہ مقررہ وقت پر گڑیا کو گود میں لیے کھڑی ہو گہی۔ شان کی گاڑی قریب آ کر رکی اور اس نے دروازہ کھولا۔ جب چھیماں بیٹھنے لگی تو تلخ لہجے میں بولا۔"میں نے صرف گڑیا کا کہا تھا۔ تمہارا نہیں"، آگے لپک کے گڑیا کو کھینچ کے گاڑی میں بٹھایا اور تیزی سے گاڑی دوڑا دی۔ گڑیا کی خوشی اور حیرت کی انتہا نہ تھی، وہ موسیقی کی آواز پہ تالیاں بجانے لگی۔ اپنے عالیشان بنگلے کا گیٹ شان نے خود ہی کھولا کہ ملازمین کو وہ اپنے لندن ٹرپ کی وجہ سے پہلے ہی ایک ماہ کی رخصت دے چکا تھا اور اس کو شام کی فلائیٹ پکڑنا لازم تھی۔ اپنے بیڈ روم پہنچ کے اس نے گڑیا کو بیڈ پہ بٹھا

کے ہاتھ میں چاکلیٹ پکڑائی اور خود کمرے میں نصب کیمروں کی سیٹینگ فکس کرنے لگا۔ سر پہ لال اوڑھنی، ماتھے پہ بندیا اور ھونٹوں پہ سرخی لگائے گڑیا اس کو مکمل نظر انداز کیے چاکلیٹ کھانے میں مصروف تھی کیمروں کی سیٹینگ سے مطمئن ہو کے وہ گڑیا کی جانب بڑھا اور کیمرے کی جانب اشارہ کر کے بولا۔ 'گڑیا جان، ادھر سلام تو کرو"۔

گڑیا نے حیرت میں کیمرے کی جانب تکتے ہوئے اپنا مخصوص سلیوٹ کیا۔ پھر گڑیا کچھ کسمسائی، اس کو شان کا یوں سر سے لپٹِ اوڑھنی اتارنا بالکل نہ بھایا۔ پھر جب اس کے ماتھی کی بندیا کی باری آہی تو وہ بول اٹھی، 'نہ نہ چھاب" اور سمٹ کے پیچھے ہٹ گئی۔

جدید ترین کیمروں میں تیزی سے ریکارڈنگ جاری تھِی۔ کیمرے، تیزی سے چیختی چلاتی گڑیا اور شان کی بڑھتی ہوئی درندگی کی نہایت سرعت سے ریکارڈنگ کر رہے تھے۔ ہر زاویے اور باریک بینی سے فلم بنتی رہی اور شان ہر طور سے گڑیا کو مسلتا رہا، جو چیخ و پکار کے بعد شدت تکلیف سے بیہوش ہو چکی تھِی۔ شان نے جلدی جلدی فلمیں بیگ میں ڈالیں۔

اس کو کل لندن میں اپنی ""سیکرٹ سوساہٹی آف پیڈوفائل۔۔ کی خفیہ رسومات میں شرکت کے دوران ان کو ایک بونس فیچر کے طور پہ پیش کرنا تھا اور اس کو یقین تھا کہ اس کی برطانوی شہریت کے لیے وھاں پہ موجود ایلیٹ ممبران اس کی ضرور مدد کریں گے۔ بیہوش گڑیا کو ایک چادر میں لپیٹ کے گاڑی کی پچھلی سیٹ پہ

ڈالا، اور ایک قریبی ہسپتال کے باہر نصب بینچ پہ لٹا کے گاڑی کو دوڑا لیا۔ شام کے باعث آمد و رفت زیادہ نہ تھی۔ چوکیدار کی نظر جب خون میں لپٹی گڑیا پہ پڑی تو اس کو اٹھا کے ایمر جنسی میں لے گیا۔ ڈاکٹرز اس پھول سی بچی کے ساتھ بہیمانہ سلوک دیکھ کے میڈیا کو کال کرنے لگے، کہ گڑیا نے آنکھیں کھول کے چاروں طرف دیکھا۔ اپنے آس پاس خوش لباس لوگوں کو دیکھ کے اس نے اپنے لرزتے، بیجان ھاتھ کو ماتھے سے لگایا۔ "چھام چھاب" اور آنکھیں موند لیں۔

موبائل سگنل کمزور ملنے پہ ڈاکٹر باہر کو لپکا تا کہ جلد اس جلد خبر کو میڈیا کو ورتیج مل سکے۔ موقع بھانپ کے قریب ہی کھڑے جمعدار نے جلدی سے گڑیا کے ماتھے سے وہ بندیا اتار لی جسے وہ بمشکل چھاب سے بچا پاہی تھا۔

٭٭٭

۴

ماتھو

وہ باورچی خانے میں کافی بنانے میں مصروف تھی کہ اس کی نظر لنچ باکس، پہ پڑی جو کہ اسکا بڑا بیٹا بھول گیا تھا۔ ساتھ ہی فلیورڈ دودھ کا ڈبہ بھی تھا۔ وہ دل ہی دل میں خود کو کوسنے لگی۔ نگٹس اور دودھ کے ڈبے کو فرج میں رکھ دیا کہ ماسی کو واپسی پہ رات کے بچے سالن کے ساتھ دیدے گی۔ باورچی خانے کے ساتھ ہی اپارٹمنٹ کا ٹیرس تھا جہاں سے سامنے پارک کا خوبصورت منظر تھا۔ وہ کھڑکی کھول کر کھڑی کافی کی چسکیاں لے رہی تھی کہ آواز آئی، وہ دیکھ وہ رہا تھمندر، اس بلی بلڈنگ کے پیچھے۔ وہ دل ہی دل میں مسکرادی کہ سمندر وہاں سے کوسوں دور تھا مگر باہر کھڑا بچہ اپنے تصورات کے مطابق دنیا کو دیکھ رہا تھا۔ اتنے میں دوسری آواز آئی " چل بے، ماں کے۔۔۔ دیر ہو رہی ہے۔ استاد مارے گا۔ " گالی سن کر وہ تلملا اٹھی اور مین ڈور کھول کر باہر جا کر دیکھا تو دو زرد رنگت اور بوسیدہ شلوار قمیض میں ملبوس سات اور نو سالہ بچے کھڑے تھے۔ اور اچک اچک کر باہر دیکھ رہے تھے۔ سو ہا جو غصے سے لال بھبوکا ہو رہی تھی۔ ڈھاڑی۔ "" گالی کس نے دی۔ اور تم یہاں کیوں آئے ہو۔ "

اتنے پوش اپارٹمنٹس میں نچلے درجے کے ان غریب بچوں کی موجودگی ہی اچنبھے کا باعث تھی۔ "باجی ہم اسلم صاحب سے دکان کی چابی لینے آئے ہیں۔ اور دیر ہو رہی ہے مگر کبیر سنتا ہی نہیں۔ استاد مارے گا دیر ہو گی تو۔۔ سات سالہ معصوم کبیر ابھی تک ان دیکھے سمندر کو کھوج رہا تھا۔ "اچھا ٹھیک ہے، مگر گالی نہیں دیتے بیٹا" چلو اب بھاگو یہاں سے۔ " بڑا بچہ کبیر کو کھینچتے ہوئے بھاگا اور بولا۔ باجی۔ لفٹ کا بٹن دبا دیں۔ نیچے جانا ہے۔ ہمیں لفٹ کا استعمال نہیں پتا۔ سوہا نے ان کو اس مشین کے استعمال سے نابلد دیکھ کر سمجھایا۔ لفٹ تو خراب ہے۔ سیڑھیوں سے جاؤ۔ بچے تیزی سے سیڑھیاں اترنے لگے مبادا اگر وہ لفٹ میں جاتے تو اسکے چنگل سے آزاد نہ ہو پاتے۔

اپنا اخلاقی فرض ادا کرنے کے بعد سوہا نے کچن کیبنٹ پہ پڑی ٹوکری کو دیکھا تو تمام موسمی پھل سوکھ رہے تھے۔ بچوں نے چند ایک پھلوں کو چکھ کے واپس رکھا ہوا تھا۔ پھلوں کو پھینکتے ہوئے سوہا کو بہت افسوس ہوا اور اسکو خیال آیا کہ وہ ان دونوں بچوں کو یہ پھل دیدیتی۔ کتنے malnourished تھے دونوں۔

سوہا درمیانی قامت اور مناسب ساخت کی، ایک خوبصورت عورت تھی۔ دو بیٹوں کی شفیق ماں جسکو ہر پل اپنے بچوں کی ذہنی و جسمانی نشونما کے ساتھ ساتھ کردار سازی کی بھی فکر رہتی۔ یہی وجہ تھی کہ اسنے شادی کے بعد نوکری کی بجائے اپنے مضمون، سوشیالوجی کی وزٹنگ لیکچررشپ کو ترجیح دی، تاکہ گھر اور بچوں پہ توجہ قائم رہ سکے۔ شوہر پراجیکٹ مینیجر تھا اور گھر میں ذہنی اور مالی آسودگی دونوں برقرار

تھے۔ نوکرانی کو ہدایات دینے کے بعد سوہا لیکچر کی تیاری کرنے لگی تو اسکو صبح کو سنی گئی گالی یاد آ گئی۔ جس میں ماں کے لفظ کا، استعمال اس بات کا گواہ تھا کہ یہ کوئی دبنگ قسم کی گالی ہے اور مقابل کو چت کرنے کیلیے گھر، کی عورتوں کو اپنی زبان کے ذریعے باہر گھسیٹ لانا ہی مردانگی کا ایک پہلو اور پکی یاری میں ہنسی مزاق کا وطیرہ، ہے۔۔ اسی تجسس میں جب اسنے گوگل کر کے معنی دیکھے تو سوچ میں پڑ گئی۔ اور اپنے لیکچر کا تانا بانا اسی موضوع کے گرد بننے کا فیصلہ کیا۔

"عورت کیا ہے۔ اور اسکا مقام و رتبہ کیوں تضحیک کا نشانہ ہے جب آدم و حوا جنت بدر ہوئے تو شیطان نے عورت جیسی نازک ہستی کی پامالی، کروانے کو مرد کا استعمال شروع کر دیا۔ آج تک آدم کی اس پسلی کو گالی نہیں دی گئی۔ جہاں سے حوا نے جنم لیا مگر عورت اور مرد کے اتصال کا واحد ذریعہ وہ پل، جو کہ نوع انسانی کے فروغ کا باعث ہے۔ یہ عورت کا ہی جگرا' ہے کہ اس ننھے سے قطرے سے کس طرح جان کی بازی لگا کر کئی بشر ایک ہی وقت میں جن جاتی ہے تو کبھی جسم فروش کے روپ میں کئی مردوں کو آگے پیچھے ادھ موا کر کے اگلے گاہک کی تیاری کرتی ہے۔ وہ تو مرد کے اس پیمانہ مردانگی کو کبھی ناپتی تولتی بھی نہیں، جو کہ صرف ایک گھونسے کی مار ہے۔ مگر نعرہ زد زبان عام ہے کہ مرد کبھی بوڑھا نہیں ہوتا، حالانکہ جس طور عورت کو کارخانہ قدرت ایک خاص عمر کے بعد ریٹائرڈ کر دیتی ہے اسی طور مردانگی کی بھی ایک میعاد ہے جس کو بڑھانے کی غرض سے دیسی حکیم اور بدیسی ڈاکٹر دن رات کوشاں ہیں۔ تو کیا مرد صرف ایک جنس ہے ؟؟؟۔ جنس افضل اور عورت جنس

کمتر۔ ہر لحاظ سے مرد کی محتاج۔ اگر ایسا ہے تو عورت کو جنت کے اوپر کیوں لا کھڑا کیا گیا۔ مریم نے عیسی کو بغیر باپ کے کیوں جنا اور سورت النسا کتاب اور سورت مریم، کتاب الہی کی زینت کیوں بنی۔ اللہ نے مرد و عورت دونوں کو تخاطب کر کے کیوں سمجھایا۔ مرد کو را کھا تو بنایا تو کیا عورت مرد کی عقل کی محتاج ہے۔ جو بشر کو جنتی ہے، اس ادراک کے بنا کہ وہ کس سے اور کس تکلیف سے جنا گیا ہے، آج مرد کی تخلیقی سوچ کی اڑان اور تخیل کی جمالیات کی اوج کی زد آ کر گھائل و پسپا ہے رہتی دنیا تک عورت کا رستا گھاؤ اپنے فریضہ فروغ بشر کی ادائیگی میں کوتائی نہ کرے گا۔ سوہا کو جھر جھری سی محسوس ہوئی اور خیال بدلنے کو اس نے ٹی وی لگا لیا۔

ننھا کبیر جب رات نو بجے گھر پہنچا تو ماں اسکی چھوٹی بہنوں کی پٹائی میں مصروف تھی جو چار سالہ جڑواں تھیں اور لڑتی بھڑتی رہتیں۔ دو سالہ شازی روٹی کا باسی ٹکڑا منہ میں ڈالے اس تماشے کو دیکھ کر ایک کونے میں دبکی کھڑی تھی جبکہ نومولود صغیر چارپائی پہ پڑا زار و قطار روئے جا رہا تھا۔ کبیر کو آتا دیکھ کر ماں نے ہاتھ روکا اور جھپٹی۔ دے۔ آج دوسرا دن تھا۔ کیا دیا استاد نے۔ کبیر نے تیس روپے اسکے ہاتھ پر رکھ دیئے۔ بس یہی ؟؟ پچاس روپے دیہاڑی پہ بات طے ہوئی تھی۔ اماں وہ اتاد نے بولا۔ آج دو تھر الوز ہے۔ ہاتھ تھاف ہو دا تو دیہالی بلھے گی۔ اچھا۔ چل آجا۔ بیٹھ۔ بریانی دی باجی نے۔ اس نے پلیٹ میں چاول نکال کر دیئے تو کبیر نے زمین پہ بیٹھ کر کھانے سے انکار کر دیا۔ اماں بیٹھا نہیں جا رہا۔ بہت درد ہے۔ چارپائی پہ دیدے۔ ارے نواب کی اولاد۔ سب کے ساتھ زمین پہ بیٹھ۔ مجھے دیکھ۔ گھر باہر سب سنبھالا

ہے

تیرے باپ کی موت کے بعد۔ کتنی محنت کرتی ہوں۔ اور تو دو دن کام پہ گیا تو نخرے۔ ابھی تو جوان ہو کر نہ جانے میرے بڑھاپے کو کیا آگ لگائے گا۔ پھر ماں کی نظر اسکی شلوار پہ لگے خون کے دھبوں پہ پڑی تو اٹھ کر ایک زناٹے دار تھپڑ رسید کر کے بولی۔ دو ہی جوڑے ہیں تیرے پاس۔ یہ تو پھر مرغی حلال ہوتے دیکھنے کھڑا ہو گیا۔ اب صبح کیا پہن کر جائے گا۔ کبیر اسکو یہ بھی بتا نہ پایا کہ مرغی حلال نہیں ہوئ بلکہ ایک اصیل مرغ نے اسے حلال کیا ہے۔ بغیر کچھ کھائے وہ روتا روتا سو گیا۔ماں نے جب سب کو بہلا پھسلا کے سلا دیا تو اسکو کبیر کی فکر ہوئی اس نے اٹھ کر بے سدھ سوئے کبیر کی شلوار کو تکا تو کانپ کر رہ گئی۔ دوسرے دن کبیر کے استاد کے پاس جا کر جب بات کی تو وہ غرایا۔ الزام لگاتی ہے، تیری بھی لے لوں کیا؟؟ کل اس نے ایک نئے نکور انجن میں اٹھا کر مٹی کا تیل ڈال دیا۔ ستر ہزار کا نقصان ہے۔ تیری ماں سے نکالوں یا تجھ سے۔ ابے او عبدل۔ ادھر آ۔ بتا اسکو کل کبیر سارا دن کیا کرتا رہا ہے۔ ساتھ مرغی والے کے پاس۔ اور ہاں تو بتا۔ نقصان بھرے گی یا بلاؤں پولیس کو۔ کل سے دو مہنگے پرزے بھی غایب ہیں۔ اب روز سب کی تلاشی ہو گی واپسی پہ۔ اور تو مائی۔ لے جا اپنا بچہ۔ بھاگ یہاں سے۔ میں تو سوچ رہا، تھا یتیم ہے تو دیہاڑی بڑھا دوں گا۔ نیکی کا تو زمانہ ہی نہیں۔ """ماں گڑ گڑائی۔ "آیندہ احتیاط سے کام کرے گا۔ میں وعدہ کرتی ہوں"۔ اور منہ لپیٹ، کبیر کو وہیں چھوڑ بھاگی۔

چند ماہ بعد سوہا بچوں کو ڈراپ کر کے گھر واپس جا رہی تھی۔ سگنل پہ سکول و دفتر

کا وقت ہونے کے باعث بہت ہجوم تھا۔ ساتھ ہی ایک کار آ کر رکی۔ فرنٹ سیٹ پہ ایک ہیجڑا بیٹھا بحث کر رہا تھا۔ " دیکھ چندا، بات دو ہزار میں طے ہوئی تھی۔ ہزار پہ نہ ٹرخا۔ لمبی داڑھی والا ڈرائیور غرایا۔ لے ہزار اور نکل گاڑی سے۔ ابے ہیجڑے باتیں نہ بنا۔ تیری ماں کی۔۔۔۔۔ اے دیکھ، مجھے ماں کی گالی نہ دے تجھے بھی کسی ماں ہی نے جنا ہے۔۔ ہیجڑا بھڑک اٹھا۔ وہ مکمل عورت تھی۔ اگر میں مکمل پیدا نہ ہوی تو اسمیں میری ماں کا کیا قصور۔ اور یہ جو ہم شام کو بن سنور کے سگنل پہ کھڑی ہوتی ہیں نا۔ اگر چنری کے بغیر ہوں تو تمہاری مردانگی اور انا کو بھی وہ تسکین نہ ملے جو ہمارے سر سے چنری کھینچتے تمکو ملتی ہے۔ عورت کو نیچے لگا لینے سے کوئی مرد نہیں بنتا۔ ورنہ ہم جیسے تو تمہاری طرح داڑھی مونچھیں رکھ کر بھی دھاڑتے پھرتے ہیں۔ اور کوئی جان نہیں پاتا کہ اندر کیا ہے۔ ہم تو سر عام اپنی کمزوری کو سر کا تاج بنائے پھرتے ہیں۔ ضروری نہیں کہ مکمل پیدا ہونے والا مرد ہی نکلے۔ "۔ ہیجڑے نے سر پہ اوڑھا دوپٹہ اتار کر اس آدمی کے منہ پہ مارا۔ اور دروازہ کھول کے اتر گیا۔ کھڑکی سے ہزار روپے واپس اس آدمی کے منہ پہ مارتے ہوئے بولا۔ """ یہ لے۔ ایک ہیجڑے کی طرف سے ایک مرد کو"""۔

سوہا کو یکدم الجھن سی محسوس ہوئی اور اس نے دوپٹہ سر سے اتار پھینکا۔ یکدم ہارن کی آواز سن کر بھونچکی ہوی اور اور گاڑی سٹارٹ کرنے کو چابی گھمائی تو سیلف نے جواب دیدیا۔ پیچھے موجود گاڑیوں نے ہارن پہ ہاتھ رکھ دیئے تو وہ مزید الجھ، گئی۔ وارڈن نے ٹریفک رواں ہونے کے بعد چند بھکاریوں کو آواز دی۔ اوئے، ماں

کے۔۔۔۔، ادھر آؤ، نکمو۔ کبھی حلال کمائی بھی کر لیا کرو""۔ اور ان کی مدد سے اسکی گاڑی کو دھکا دلوا کر کنارے لگوا دیا۔ اور پھر دھکے سے گاڑی سٹارٹ کروا دی۔ سوہا نے مددگار بھکاریوں کا شکریہ ادا کرنے کے بعد انکو خرچی دی تو ایک بھکاری بولا۔ """ باجی ہم مدد کرنے کے پیسے نہیں لیتے۔ اپنے پاس رکھ۔ آگے نکڑ پہ ایک ورکشاپ ہے۔ چھوٹے ہوں گے اس وقت وہاں۔"""

ایکسیلیٹر کو مزید دباتے سوہا نے گاڑی دوڑائی تو نکڑ پہ واقعی ایک ورکشاپ کھلی تھی۔ ساتھ ہی ایک چائے کا ڈھابا تھا۔ جہاں اس وقت تازہ چائے پراٹھے کا ناشتہ مل تھا۔ گاڑی کھڑی کر کے سوہا نیچے اتری تو دوپٹہ اٹھا کر پھر سے سر پہ لپیٹ لیا۔ اندر ورکشاپ سے ایک نوعمر لڑکا نکلا اور بولا۔ باجی ابھی دیکھ دیتے ہیں اور آواز کسی۔ او چھوٹے پانا لا۔ چند منٹ نہیں گزرے تو دھاڑا۔ اوئے ماں کے۔۔۔۔ جلدی آ۔ پانا اٹھائے کبیر بھاگتا باہر آیا اور استاد کی مدد کرنے لگا۔ کام مکمل ہونے پہ سوہا نے اجرت کے علاوہ کبیر کو الگ سے سو روپیہ دیا تو وہ کھل اٹھا۔ "تھکلیہ باجی۔"۔ سوہا نے گاڑی سٹارٹ کی اور گھر کی راہ لی۔

بھولا بھالا بڑی بڑی آنکھوں والا کبیر جھوم اٹھا

اس نے پیسے جیب میں ڈالے اور جا کر اپنے لیے چائے پراٹھے کا آرڈر دیا۔ اسی کا ہم عمر اس وقت تیزی سے گاہکوں کو ناشتہ مہیا کر رہا تھا۔ کبیر اکیلا اور سب سے کم عمر تھا لہزا اس نے کبیر پہ توجہ نہ دی تو کبیر تلملایا اور چلایا۔ """ اوئے ماتھو" سنتا کیوں نہیں۔ تائے پلا تھالا۔""" قریب ہی نوعمر اوباش لڑکوں کا ایک ٹولا ناشتہ کر رہا تھا، کبیر

کی بات سن کر قہقہے لگانے لگا۔ ان میں سے ایک بولا۔ ""یار یہ تو ہمارا بھی باپ نکلے گا۔ اس نے تو گالی کی بھی ماں بہن ایک کر دی"" ہاہاہا

***

۵

فیمینسٹ

وہ اسکول کی کینٹین کے باہر کھڑی سوچ رہی تھی کہ اگر اماں کی رسوئی سے سودے کے پیسے اڑا لیتی تو زیادہ سے زیادہ ابا دو چار گالیاں ہی بکتا۔ اور دادی بد دعا دے دیتی۔ اماں کونسی کم ہیں۔ ان دونوں سے نبٹ لیتی لیکن کھانا جلا ہوا ملتا۔ تو کیا ؟؟؟۔ ایک ٹھنڈی مالٹے والی بوتل تو پی لیتی۔ جو کہ نسرین روز سموسے کے ساتھ اڑا تی ہے۔ وہ نسرین کو حسرت سے دیکھتی جب وہ چمکتی کار میں اسکول آتی اور اپنے لش پش جوتے یوں دکھاتی جیسے جوتے نہ ہوئے سلطنتِ برطانیہ کا تاج اپنے پیروں میں ڈالے پھر رہی ہے۔ ساجدہ ہر روز نہ صرف یہ دیکھتی بلکہ سہتی بھی تھی۔

اور جب وہ گھر پہنچتی تو اماں کام بکھیرے ہوئے بیٹھی کسی پڑوسن کے ساتھ مل کر محلے کی ایک حسین عورت پر کوئی نیا بہتان لگانے میں مصروف ہتی۔ اسکے آتے ہی اماں آواز دیتی

منحوس آگئی سیر سپاٹے مار کے اسکول کے چل پکڑ جھاڑو اور صحن صاف کر۔ یہ دو پلے پیدا تو کر لئے لیکن میرے گلے ہی پڑ گئے ہیں سارا دن اودھم مچائے رکھتے

ہیں۔

جبکہ اگر وہ ان کو پیدا نہ کرتی تو بھی خاندان کے طعنے سہتی کہ بیٹی کا بوجھ ڈالدیا نصر کے سر پہ۔۔جب حامد اور ماجد کبھولتی۔۔۔۔ن ہوئی تو کتنا چاہ اٹھایا گیا تھا اس کا کہ وہ زچگی کی ساری تکلیف ہی بھول گئی جو اس نے پورے اٹھارہ گھنٹے برداشت کی تھی۔

ابا شام کو آتا ہی پہلے تو اپنے مالک کو دو چار گالیاں دیتا۔ اور پھر فوراً کھانے کا مطالبہ کرتا۔ دادی اس کے آتے ہی درد کی شکایت شروع کر دیتی۔ اماں کھانا پروستی اور ماجد اور واجد کو پیچھے ہٹا دیتی کہ وہ ابا کے کھانے پر نظر جمائے نہ بیٹھیں۔ سب کو آخر میں کھانا ملے گا۔

ادھر نسرین روز بتاتی کہ ہمارے ابا حضور ہمارے لئے چینی گڑیا لائے ہیں دادی جان نے اماں کو گڈو کی پیدائش پر سونے کے کنگن ڈالے اور تو اور استانی بھی نسرین سے اتنا مرعوب تھی کہ اس کو صفائی کے دو اضافی نمبر دینا نہ بھولتی اور چونکہ یہ دو اضافی نمبر استانی کو نسرین کے گھر کی ہر میلاد محفل میں لے جانے کا باعث بنتے تھے۔ تو پھر ان کی اوقات ہی کیا؟؟ ساجدہ ساری رات دل لگا کر پڑھتی لیکن اس نکمی نسرین سے پیچھے ہی رہتی۔ ظاہر اس میں قصور تھا ہی ابا کا زیادہ کماتا تو آج وہ بھی دو نمبر زیادہ ہی لیتی۔ نکھٹو تھا۔ لیکن جب سے چاچا حمید نے رقیہ کو اسکول کو میں ڈالا تو اماں کو بھی ضد ہوئی کہ اپنی ساجدہ کا مقابلہ نہ کروایا تو میری ناک کاٹ ڈالو۔ عورت کا کوئی روپ نہ پہچان پاؤ گے کہ آدم سے پہلے کوئی تخلیق نہ تھی اور اس کی تخلیق کے

وقت کوئی عورت نہ تھی۔ مرد ہے کہ ہار ماننے کو ہار تیار نہیں کہ عورت کا ٹیڑھ پن مرد کے ہی اندر کا نتیجہ ہے۔

ساجدہ کے میٹرک کرتے ہی ایک اچھا رشتہ آیا اور ابا نے اس کو سر سے اتار پھینکا۔۔ کسی شادی کے موقع پر لہک لہک کر گاتی اور بنی سنوری ساجدہ جمیل کو بھا گئی۔ شادی بیاہ کھیل ہی ایسا ہے کوئی بھی اپنی اصلیت پہ نظر نہیں آتا سب خوب سے خوب تر لگتے ہیں۔ اور اسی نظر کے دھوکے کا شکار ہو کر بہت سے لوگ ساری عمر کے لئے دھوکے کا شکار ہو جاتے ہیں۔

جمیل اپنے ماں باپ کا لاڈلا اور اکلوتا بیٹا تھا۔ ماں بھی خوش کہ بہو آئے گی اور گھر سنبھال لے گی۔ لیکن ساجدہ نے کہیں سے سن لیا کہ نسرین نے اب کالج بھی جانا شروع کر دیا ہے۔ وہ حرص و ریس کی ماری کہاں پیچھے رہتی۔ جمیل سے فرمائش کر ڈالی کہ جمیل کو اعتراض نہیں ہوا پر ساس بول پڑی "

بیٹا اب آئی ہے تو گھر سنبھال لے مجھے بھی خدا سے دو چار باتیں کرنے دے"۔ مگر جمیل کے حواس پہ ساجدہ کا راج تھا۔

ساجدہ پڑھتی گئی۔ دماغ کی کھڑکی کھلی تھی اس میں علم سے زیادہ غبار بڑھتا گیا یہ وہ غبار تھا جو کہ اپنے بچپن سے اپنے دل و دماغ میں چھپائے بیٹھی تھی۔ چونکہ ابا اور اماں کی موجودگی میں وہ نہ نکل پایا تو اس میں طوفان پیدا ہونا شروع ہوا۔ اور وہ آہستہ آہستہ اس کی شرشت میں سرائیت کرتا گیا اللہ نے انسان کو زبان بغیر ہڈی کے دی ہے لیکن اس کو چپ کرانے کے لئے انسان کے منہ میں ہڈی ڈالنا ضروری

ہے۔ کبھی پیار کی کبھی نفرت کی کبھی ہوس کی حسرت کی۔ لیکن ہمارے اندر کی آگ اکثر اس ہڈی کو پگھلا دیتی ہے اور ہم اس کو اس طرح چوستے ہیں کہ اس کا رس ہمارے اندر سرائیت کر جاتا ہے۔ ساجدہ کے منہ میں اس کے ماں باپ نے گالی گلوچ لعن طعن غیبت اور بہتان طرازی کی ہڈی ڈال رکھی تھی۔ جو کہ اب اس کے وجود کا حصہ تھی۔

تعلیم نے اس کو اچھا خاصہ پڑھا دیا مگر اس کی جہالت بے قرار رہی۔ ساس سے اس نے وہی بیر رکھا جو اماں کو دادی سے تھا یا دادی کو اماں سے۔ کوکھ کی کوکھ سے دشمنی۔۔ ساس کو اس نے ہمیشہ ایک عفریت کے روپ میں دیکھا تھا جو ابا کے آتے ہی اماں کے خلاف اس کے کان بھرتی اور ابا جب تھوڑا لگا کے آتا تو ماں کو دھنک کے رکھ دیتا لیکن مرد تھا۔ اس کے بعد اپنے حق زوجیت سے بھی پورا مستفید ہوتا اور آخر میں خراٹے بھرتا۔

کبھی تھالی بھر کے کھانے کو نہ ملا تھا۔ رسوئی ہاتھ میں تھی تو اس کی حفاظت کیسے نہ کرتی مجال کہ اس کی مرضی کے خلاف نمک بھی چکھ لو۔ اتنا چیختی کہ بھرا پیٹ بھی توبہ کرتا۔ اور نگلنے کے بجائے اگلنے کو تیار ہو جاتا۔ ساس بیٹے کے خاطر سہتی کہ جمیل خوش رہے کبھی کبھار دبے لفظوں میں اظہار کرتی تو ساجدہ وہ واویلا کرتی کہ ساس آئندہ کیلیے توبہ کرتی۔ خالی پیٹ کی عزت بھرے پیٹ سے بہتر ہوتی ہے۔

گھر میں روز کے جھگڑے شروع ہو گئے۔ ہر قسم کی لعن طعن اور گالی گلوچ ساجدہ کی روح میں سرائیت کر چکی تھی۔ جہاں جب موقع ملتا وہ نہ چوکتی۔ جمیل کی

زندگی ایک عذاب کی صورت اختیار کرتی جا رہی تھی۔ اس نے ساجدہ کے اماں ابا سے گلہ کیا تو وہ اپنی بیٹی کے خلاف سننے کو تیار ہی نہ تھے۔ جس کو جنم دیا تھا اس کے خلاف کیسے جاتے۔ سارا الزام جمیل اور اس کی ماں پر لا دھرا۔ سوت کی حیثیت ہمارے معاشرے میں ایک بہت خوفناک بدنام اور عذاب دہ وجود کی سی ہے۔ اگر عورت سے پوچھو تو جہنم میں جانے کو تیار ملے گی لیکن سوت کا نام سنتے ہی اس کی روح جہنم میں چلے جائے گی۔ ساجدہ کے اندر خود اس کی سوت جنم لے چکی تھی۔ دراصل دوسری عورت سوت کا روپ دھارے جسمانی طور پر نمودار ہوتی ہے تو اس کا احساس ہوتا ہے اور عورت ایک ایسے پہرے دار کی مانند ہو جاتی ہے جسکا وجود ہر لمحے ہر کھٹکے پر چونکتا رہتا ہے کہ جب نہ جانے کیسے کہاں اس کا شب خون ہو جاتا ہے۔ لیکن جب عورت کے اندر سوت پیدا ہوتی ہے تو وہ خود ہی اپنا گھر اجاڑنے کو تیار ہوتی ہے۔ یہ سوت اس کے عقل و دل پر بیٹھ کر اس کو ایسے ایسے حکم دیتی ہے جس پر ایک عورت ایک غلام کی طرح عمل کرتی ہے اور اپنے اندر لگی ہوئی آگ میں جلتی بھی ہے اور بری طرح ہر چیز کو جلاتی بھی ہے۔ بھلا آدم کی پسلیاں ایک سی تھیں جو عورت ساری عمر ایک روپ دھارے رہے گی۔ ساجدہ کے اندر کی سوت اس کی بچپن کی محرومیاں اس کا احساس کم تری اور وہ تعلیم تھی جو اس نے پہلے تو سسکتے ہوئے اور پھر مقابلے کی غرض سے حاصل کی۔ یہ تعلیم جو علم کی خاطر نہیں صرف دکھاوے اور مقابلے کی حرص میں حاصل کی جاتی ہے۔ یہ وہ قلم بن جاتی ہے جو آکے دماغ پر ایسی سیاہی پھیر تا ہے کہ الفاظ مٹ جاتے ہیں۔ اور صرف سیاہی کا

وجود رہتا ہے۔

حسد نے ساجدہ کی سرشت میں گھر کر رکھا تھا۔ اس کو پیسے کی چاہ تھی۔ عورت کیا ہے ؟؟؟ ایک بھکاری بھی ایک ملکہ بھی۔ آگ بھی ہے تو پانی بھی اگر سرد کرنے کی صلاحیت ہے تو پگھلانے کے کام سے بھی بخوبی واقف ہے۔ جنت کو جہنم بنانے کی ماہر اور چاہے جہنم کو جنت بنادے۔ اسی خوبی کے باعث تمام قحبہ خانے کس خوبی سے چلائے جا رہے ہیں۔ ہم پھر بھی اس کو ناقص العقل کہتے ہیں۔ عورت بیوی بھی ہے اور داشتہ بھی۔ ماں ہے تو بیوی۔ بیٹی ہے تو بہو بھی۔ ایک روپ اس کو دو تو سمجھو۔ ہزار روپ دیکر بولتے ہو کہ عورت کی سمجھ نہیں آتی۔ کہ وہ کیا چاہتی ہے ؟ یہ دیکھو کہ ہر روپ میں ماہر اور بچاری جس کردار میں ذرا چوک ہوئی تو ناقص العقل قرار

جمیل کی ماں وہ عورت تھی جس نے شادی کے بعد چار سال تک ہر مزار پر حاضری دی اور بول اٹھی اللہ ہی جانے ؟؟ اور رب پاک نے۔ ایک ہی پکار پہ اس نے اس کے اندر بہت پیار کے ساتھ جمیل کی روح پھونک دی۔ جمیل ہوا تو ماں کے پیر زمین پر نہ ٹکتے تھے۔ باب بھی ہوا میں اڑتا تھا بہت چاہ سے پالا۔ ماں ہر قدم کے صدقے۔ بسم اللہ کرتی اس کی نظر اتارتی نہ تھکتی۔ بیمار ہوتا تو ساری جاگتی کہ جانے کس لمحے جمیل کو اس کی ضرورت آن پڑے اور وہ سوتی نہ رہے۔ بیمار جمیل ہوتا تو کھانا ماں کا چھٹ جاتا ہر نوالے پر ابکائی آتی کہ اسکا اندر جمیل کی دعاء میں اتنا مصروف ہوتا کہ معدہ کوئی بھی شے قبول کرنے سے انکار کر دیتا۔

بسم اللہ کرے ماں مانگ بول تو اپنا کلیجہ پکا دوں ؟ تو بول تو کیا کھائے گا۔ اگر

جمیل آواز لگاتا تو کہیں چوٹ کھاتا تو بہت ڈانٹتی۔ ماں کس لئے بنی ہے تیری خدمت کیلئے مجھے پکارا کر باولا نہ ہو تو۔ تو خود کیوں کرتا ہے صبح اٹھاتی تو ماں بسم اللہ کر اں۔ اٹھ میر الاڈلا۔ اور اس کے پیر چومے جاتے۔ ماں کے ہونٹوں کا لمس اپنے پیروں پر محسوس کرتا تو گد گدا کر بیٹھ جاتا۔ محبت۔ اٹوٹ۔ انمول بے نیاز۔ بے بہا بے شمار۔ اور خدائی محبت ماں کی محبت جمیل صرف اس سے واقف تھا۔ ساجدہ کے اس روپ نے اُس کو بھونچکا کر دیا۔ ساجدہ نے ساری جائید اد بیچنے کا مطالبہ کر دیا۔ تا کہ وہ کسی بڑے شہر منتقل ہو کر بڑے لوگوں والی زندگی گزار سکیں۔ جمیل نے صاف انکار کر دیا اور حالات مزید خراب ہوتے گئے۔ وہ سنبھل ہی نہ پایا اور ساجدہ جو نوکری شروع کر چکی تھی اور بے اولاد تھی جا پہنچی اپنی ماں کے ہاں۔ اور طعنہ یہ دیا کہ جمیل نامرد ہے۔ اولاد کے قابل نہیں۔ ایک عورت مرد کے ساتھ زندگی گزارتی ہے نامرد کے ساتھ نہیں۔

ساجدہ نے شہر جا کر نوکری شروع کر دی۔ ساجدہ کے تیور ہی بدل گئے باہر کی دنیا میں قدم رکھنے کے بعد۔ اس میں خود آگاہی تو نہ آئی مگر وہ خود کو بھول گئی۔ اور دنیاوی چنگل میں مزید پھنس گئی۔ نوکری نے ساجدہ کو باہر کی دنیا دکھا دی۔ آدھا مرد بن گئی۔ اس مرد میں باہر کا مرد بھی تھا اور اس کا وہ لالچی باپ بھی جو اکثر اپنے مالک کی دکان سے کوئی نہ چیز اٹھا لاتا۔ آزادی نسواں کا سنا تو اور لگی آسماں پہ اڑنے۔ باہر کی دنیا سے متاثر اپنی کمائی پہ نازاں اس نے جمیل پر مقدمہ کر دیا۔ طلاق کے لئے اس نے ذہنی اور جسمانی تشدد کے علاوہ جمیل کی نامردگی کی الزام لگا دیا۔ سرکار بھی

عورت کو حقوق دینے پے بیٹھی تھی۔ جمیل پر کیس بھی ہوا اور پولیس بھی پہنچی۔ ان حالات نے جمیل کو ذہنی اذیت میں مبتلا کر دیا ماں بستر سے جا لگی۔ آخر کار دونوں ماں بیٹا ذہنی خلفشار کا شکار ہوئے اور ڈاکٹر کے پاس جا پہنچے۔ ڈاکٹر صاحب جو خدا ترس طبیعت کے مالک تھے۔ ساری کہانی سننے کے بعد جمیل کو ٹیسٹ کے ذریعے جمیل کو مرد ہونے کا سرٹیفکیٹ عطا فرمایا۔ اور حالات سن کر طلاق کا مشورہ دیا۔

جب ساجدہ نے طلاق کا سنا تو گھبرا سی گئی۔ مطالبہ کرنے کا مطلب یہ ہرگز نہیں تھا کہ وہ طلاق چاہتی ہے۔ وہ تو صرف اپنا حق طلاق کا اظہار کر رہی تھی۔ اس نے واویلا شروع کر دیا کہ جمیل اسے سڑک پر ننگی دھوپ کے تلے لانا چاہتا ہے۔ ادھر جمیل واقعی دل سے طلاق نہ چاہتا تھا کہ آج تک ساجدہ سے پہلے اسنے صرف محبت پائی تھی۔ اور اس کی ماں کی ممتا اس کی روح میں، اسکی سرشت میں گردش کرتی رہتی تھی۔

حالات نہ بن پائے اور ان دونوں میں علیحدگی ہی رہی۔ ساجدہ آج ایک بڑی کمپنی میں کام کرتی ہے اور ایک N-G-O بھی چلا رہی ہے۔ جو کہ عورتوں کے حقوق کیلئے کوشاں ہے۔ سڑک پر کڑی دھوپ تلے ٹی وی چینلز کو انٹرویو دیتے ہوئے واویلا کرتی ہے۔ اور ملک کی تمام عورتوں کے حقوق کی علمبردار۔ وہ کڑی دھوپ میں چیخ چیخ کر نعرے لگاتی ہے۔ اور خود سوزی کی دھمکیاں دیتی ہے۔ مگر باہر قدم رکھنے سے پہلے 'سن بلاک'' لگانا نہیں بھولتی۔۔۔۔۔

***

۶

پگڑی

آٹھ سال بعد بہت منتوں مرادوں سے جب چوھدرانی کو حمل ٹھہرا تو پورے گاؤں میں مٹھائی بانٹی گئی۔ امام صاحب نے مسجد میں نماز جمعہ کے بعد ۲ نفل شکرانے کا اہتمام کیا اور پہلی صف میں گاؤں کے بڑے خاندانوں کے افراد شریک ہوے جو کہ روٹی ٹکر کھانے میں مصروف ذرا دیر سے آئے اور سارا پنڈ بیٹھا ان کا انتظار کرتا رہا۔ صف بندی بھی گاؤں میں موجود تمام افراد کی حیثیت و وسائل کے اعتبار سے کی گئی۔ صف بندی کے دوران بندہ اور بندہ نواز کا فرق نمایاں تھا۔ کسی کو بھی اعتراض کیسے ہوتا، وہ تو جب سے پیدا ہوے تھے بندہ اور بندے دا پتر بننا سیکھ رہے تھے۔ امام صاحب بہت ہی نیک اور خدا خوف انسان تھے، دن رات استغفار کا ورد ان کے لبوں پہ جاری رہتا اور عموما' ہر سوال کا جواب وہ 'استغفر اللہ' کہ کر دیتے۔ اب پوچھنے والے کی اپنی ذہنی قابلیت کہ جواب کو سمجھے یا نہ سمجھے۔

چوھدرانی کا ۹ ماہ تک خاص خیال رکھا گیا۔ دوسرے گاؤں کی مالشن آتی تھی کہ اس کے خاص طریق مالش ں سے لڑکے پیدا ہونے کا شہرہ تھا۔ دائی کو مستقل دیکھ

بھال کے لیے حویلی میں ایک کمرہ دے دیا گیا تھا۔ چوھدرانی زمین پر پیر نہ رکھتی، غذا کا بہترین اہتمام تھا، اصیل مرغ پلنا شروع ہو گئے کہ بعد میں یخنی کی ضرورت ہو گی۔ تمام عورتوں کو ھدایت تھی کہ چوہدراہن کا خاص خیال رکھیں۔ ادھر کہیں سے دائی یہ سن آئی کہ جس کی شکل زیادہ دیکھی جاتی ہے، بچہ بھی ویسا ہی ہوتا ہے، چنانچہ، کالو مسلن، جو کہ برسوں سے حویلی کی غلاظت صاف کر رہی تھی، اس کو نکال دیا گیا۔ دن رات چوھدراہن کا دل بہلانے کو حویلی میں گپ شپ ہوتی، جس کی بھی ممکن ھوتا خوب غیبت ہوتی تا کہ مالکن کا دل بہلا رہے اور محفل سجی رھے۔ آخر ۹ ماہ مکمل ھوئے اور زچگی کا وقت آن پہنچا۔ دائی اپنی تمام تر تجربات اور مہارت کے باوجود ڈر رہی تھی کہ اگر کوہی اونچ نیچ ہو گئی تو چوہدری کو اپنی حیثیت کے مطابق پورا حق ہے کہ اس کی جان کا خاتمہ کر دے اور عین ممکن ہے کہ امام صاحب اس کو قاتلہ قرار دے کر اس کی نماز جنازہ پڑھنے سے انکار کر دیں۔ انسان جب ماں کے پیٹ سے باھر آتا ھے تو خوب چیخ و پکار کرتا ہے۔ جو کہ ہر لحاظ سے جاہز ھے کہ ماں کا پیٹ وہ واحد پناہ گاہ ہے کہ جہاں انسان دنیا کی ہر تکلیف، آزمایش، آلایش، دکھ اور درد سے محفوظ رہتا ہے۔ بچے کے رونے کی آواز سن کر چوہدری کے صبر نے جواب دے دیا اور اس نے دروازہ کھٹکھٹانہ شروع کر دیا۔ اور غرایا

'سانڈھ کی بچی، کیا ہوا، دیر کائے کو کر رہی ہے۔ اگر کوہی اونچ نیچ ہوئی تو تیرا سارا خاندان آج ہی قبرستان کا منہ دیکھے گا۔ داہی نے بچہ ایک کپڑے میں لپیٹا اور دھک دھک کرتے دل کے ساتھ لا کر چوھدی کی گود میں لا کر ڈال دیا، اور کچھ

توقف کے بعد بولی، 'مبارک ہو چوھدری، بیٹا ہوا ہے۔" چوہدری نے فوراً سونے کا بیش قیمت ہار، گلے سے اتار کے اس کے حوالے کیا، گو، رات کے ۲ بج چکے تھے لیکن امام صاحب کو اٹھا کر مسجد کا تالہ کھلوایا گیا اور لاؤڈ اسپیکر پر اعلان ہوا کہ 'چھوٹے چوہدری صاحب تشریف لا چکے ہیں۔ مبارک ہو" تمام گاؤں جاگ اٹھا۔ اور خوب مبارک سلامتی ہوئی۔ دوسرے دن چوہدری نے داہی کو بلایا اور بولا، 'تیری ہمیشہ سے خواہش تھی نہ کہ تیرے بیٹے کو شہر میں نوکری ملے، جا، آج سے تو اور کرمو شہر میں رہیں گے۔ مکمل انتظام ہو چکا ہے اور اس کی نوکری بھی پکی ہے۔

بچے کا نام 'شیر عالم' مقرر ہوا۔ آخر کار وقت گزرتا گیا، بچے جوانوں، جوان بوڑھوں اور بوڑھے مُردوں میں تبدیل ہوتے گئے۔ شیر عالم کے جوان ہوتے ہی گاؤں کی عورتوں نے چوہدرانی کو پوتے کی نوید دینا شروع کر دی۔ آخر کو چوہدری تھے، ان کے اختیار میں سب کچھ تھا۔ پھر گاؤں والیوں نے لڑکی کی تلاش کے لیے چوہدراہن پر زور دینا شروع کر دیا۔ اس نے میاں سے تزکرہ کیا تو وہ بولا، 'ہاں ہاں، کیوں نہیں، ہم کو لڑکیوں کی کمی ہے کیا؟ تو جس پہ انگلی رکھے گی، اگر وہ نہ مانے تو ہم اٹھا کر لے آہیں گے، آخر کو پورا پنڈ ہمارا کمی ہے اور ہمارے ٹکڑوں پر پلتا ھے۔ میراثی، رشتے والیاں، سب کھوج میں لگ گئے۔ انسان نہیں، کسی لاوجود شے کی کھوج۔ اپنے تہیں ٹھیک تھے وہ بھی، عورت ذات، وجود ہی کیا رکھتی ہے آخر؟ کُھرا نکلا کہ ایک کم حیثیت زمیندار کی بیٹی، 'صابرہ" ہی پورے پنڈ میں سب سے زیادہ حسین ہے۔ باپ کے پاس کچھ ہی مربع زمین تھی، باقی کو تھور نگل گیا اور اب سفید

پوشی کی زندگی گزار رہے ہیں۔ بس زمین کے سیم و تھور نے ان کو کہیں کا نہ چھوڑا اور ان کی حیثیت کو زمین کے ساتھ زمین کھا گئی۔۔ چوہدری نے بھی صابرہ کو دیکھ رکھا تھا، جب عورتوں کا مشورہ سنا تو سوچ میں پڑ گیا اور بیوی سے بولا، 'تو کیونکر جاتی ھے؟ بھیج فضل میراثی کو مٹھائی کا ٹوکرا دے کر۔ انکار کی مجال نہ ہو گی۔ ان کی تو دس پنڈ میں وہ ٹور ہونی ہے، کہ واہ، فضل میراثی، چوہدری کے گھر کا ٹوکرا لے کر پہنچا۔ اور ویسا ہی ہوا۔ صابرہ کے ماں باپ ششدر رہ گئے، اور اپنی قسمت پہ جھوم اٹھے کہ واہ، یہ ہماری کوئی نیکی ہی ہے کہ میراثی یہ ٹوکرا لے کر ہمارے گھر آیا۔ یوں بات پکی ہو گئی۔ منگنی کی رسم کی ساتھ ہی چوہدری نے شیر عالم کی دستار بندی بھی کر دی اور اس کی سر پہ پگڑی رکھ کر اپنی مردانگی اور خاندانی تسلسل پہ مہر ثبت کی۔

شادی ہوئی تو پورے ھفتے کسی کو چولہا جلانے کی اجازت نہ تھی، پورے پنڈ کا کھانا تھا چوہدری کے ھاں۔ وہ، کہ جن کو ایک وقت کی روٹی بھی نہ ملتی تھی وہ بھی پیٹ بھر کے دوسرے دن کے انتظار میں چین کی نیند سوتے۔ صابرہ کی ڈولی آن پہنچی اور اس کو خوب زیور گہنے سے لادا گیا۔ پنڈ کی ساری عورتیں اس کی قسمت پہ رشک کر رہی تھیں، اور اس کی ہم عمر لڑکیوں کا مارے حسد کے برا حال تھا۔ وہ بار بار آئینہ دیکھتیں، کہ آخر ہم میں کیا کمی تھی، جو ہم اس شاندار حویلی کی مالکہ بننے سے محروم رہ گئے۔ شادی ہو ہی تو اب ننھے چوہدری کی آمد کے گیت شروع ہو گھے۔ خوشامد نے مکھی کو مکڑے کے جال میں پھنسایا تھا، مگر یہاں سب لوگ جالے بن کر بڑے لوگوں کو پھانس رھے تھے۔ کچھ عورتوں نے تو حد ہی کر دی، پیروں میں

کڑے ڈال کے بولیں، یہ تو اب چھوٹے چوہدری صاحب کی آمد پر اتاریں گے۔ چوہدرانی ہنس پڑتی اور بولتی، 'کملی نہ ہو تو، اچھابتا، گھر میں جو کا آٹا ہے کہ نہیں، کل ہی چکی سے منوں آٹا آیا ہے۔ جھولی بھر کے پچھلے گودام سے اٹھالے'۔ نویدن کھسرا، جو کہ اب بڑھاپے میں قدم رکھ چکا تھا، اور کام دھندہ ماند ہونے کے باعث اب ایسی ہی محفلوں کی رونق تھا، بول پڑتا، 'ناچنے سے تو میں توبہ کر چکی ہوں، پر گود بھرائی پہ وہ مجرا کرنا ہے کہ کیا امراءو جان ادا ناچی ہو گی'، غرض جتنے منہ، اتنی خوشامد۔۔جب سال پورا ہوا تو کھسر پسر شروع ہو گئی کہ آخر ماجرہ کیا ہے۔ ہر کوہی اپنے مشورے دیتا۔ صابرہ کہیں بھی جاتی، اسکی آنکھوں کا رنگ، اس کی چال ڈھال، اس کا کھانا پینا ہر چیز پہ غور کیا جاتا کہ کہیں حمل کا آغاز تو نہیں شروع ہوا۔ اگر کبھی کچھ کھٹا کھا لیتی تو سب مسکرا پڑتے اور مزید کی پیشکش کرتے۔ پنڈ میں صبح سویرے کام ختم کرنے کے بعد، ہانڈی روٹی سے فارغ ہو کر اب یہی ذکر جاری رہتا کہ صابرہ میں کیا نقص ہے کہ آخر بچہ اب تک پیٹ میں نہیں آیا۔ دوسرا سال چڑھ پڑا۔ آخر ایک دن نویدن کھسرا اپنی خصلت سے باز نہ آیا اور بولا۔ 'ؓ میں تو کہتی ہوں اس کی زمین کو سیم و تھور بھی اسی کے اثر سے لگا ہو گا۔ بانجھ ہے تیری بہو چوہدراہن۔ ً اس پر چوہدراہن پہلی بار بول پڑی، 'اب اللہ کی جو مرضی ہو۔'' ان الفاظ کا ادا ہونا تھا کہ وہاں موجود تمام عورتوں نے چوہدراہن کے گن گانا شروع کر دیئے اور تو اور نویدن کھسرے نے فتوی' جاری کر دیا کہ ً ہائے ری چوھدرائن تو اتنی نیک ہے، ایک بانجھ بہو کو سمیٹے بیٹھی ہے۔ تجھے تو حج کا ثواب ملے گا حج کا۔ بس آج سے میں تجھے 'حاجیانی'

کہوں گی'، اور یوں، وہ چوہدراہن سے حاجیانی بن گئی۔

چوھدری نے اپنی ساری زمین گروی رکھ کر فیکٹری لگائی، جو کہ دیوالیہ ہو گئی اور صدمے کی تاب نہ لا کر وہ چل بسا۔ کیونکہ اس نے آج تک دنیا کو جو بھی منہ دکھایا تھا وہ صرف اپنی دولت اور جاہ و جلال کے بل بوتے پر تھا، اور جب وہ دنیاوی مال و متاع ختم ہوا تو فقط رب کی ذات ہی اس کو سمیٹ سکتی تھی۔ یہ بھی رب کی رحمانیت ہی ہے کہ جب ہم دنیا کو منہ دکھانے کے قابل نہیں رہتے تو بھلے ہم نے رب کو ساری عمر بھلائے رکھا ہو، وہ ہمیں موت کی چادر میں لپیٹ کر، ہمیں دنیا کی نظروں سے ڈھانپ لیتا ہے۔

اب نہ تو وہ حویلی کی وہ چہل پہل تھی اور نہ ہی وہ دبدبہ۔ پچھلے گودام بھی خالی تھے۔ سو عورتوں کا رش بھی کم ہو گیا۔ نویدن نے بھی اب مسجد کے باہر بیٹھنا شروع کر دیا، صدقہ خیرات بھی ہو جاتا اور جمعرات کی نیاز میں کھانا بھی اچھا ملتا۔ ادھر صابرہ کو بانجھ قرار دے دیا گیا تھا۔ اور جہاں کہیں کوئی حاملہ ہوتی، اس کو دعوت دینے سے گریز کیا جاتا کہ کہیں اس کی پرچھائیں نہ پڑ جاہے۔ چوہدراہن بھی اب چارپائی سے جا لگی تھی۔ وہ دم خم جو انکی زمینوں اور پیسے کی بدولت تھا۔ وہ سب چوہدری کے ساتھ ہی دفن ہو چکا تھا۔ چوہدراہن سے اب حاجیانی کا خطاب بھی چھین لیا گیا اور اب اس کو کرم داد کی بیوہ کے نام سے پکارا جاتا تھا۔ ایک سال بھی نہ گزرا تھا کہ شیر عالم، جو کہ کسی کام کے سلسلے میں شہر گیا تھا، ایک ٹریفک حادثے کا شکار ہوا، اور اس کی لاش گھر پہنچی۔ ایک کہرام برپا ہو گیا کہ کوکھ جلی نے شوہر کو بھی نگل

لیا۔ ایسی سبز قدم ثابت ہوئی۔ پہلے تو باپ کی زمین پر کال ڈالا، پھر سسر اور جائیداد کھا لی، اور اب میاں کو بھی لے ڈوبی۔ منحوس کہیں کی۔ ایک دو بوڑھیوں نے تو گواھی بھی دی کہ صابرہ، اماوس کی رات کو پیدا ہوئی ھے اور یہ اسی کا اثر ھے۔ اور جب میت کو نہلانے کا انتظام شروع ھوا تو نویدن کھسرا بھی پانی کا لوٹا لے کر حاضر ہو گیا، کہ وہ خود کو اب امام صاحب کا خادم گردانتا اور ان کو ہی وسیلہ بنا کے بہشت کا آرزومند تھا۔ جب جنازہ پڑھ کے سب واپس آرہے تھے تو نویدن سے صبر نہ ہوا اور وہ تالی بجا کے بولا۔ 'ہائے ہائے'، چوہدری اگر شیر عالم کو میری جھولی میں ڈال دیتا تو کیا میں اس کی اچھی پالن نہ کرتی۔ اس میں اور ہم میں فرق ہی کیا تھا، یہی نا کہ وہ چوہدری کرم داد کے گھر پیدا ہوا"۔ اب چہ میگوئیاں شروع ہو گئیں آخر کار سب کو علم ہو گیا کہ شیر عالم، "مرد" نہ تھا۔ جتنے منہ، اتنی باتیں۔ پھر کہیں سے آواز آئی، "اگر وہ پیدائیشی مرد نہ تھا تو اس کا اور صابرہ کا نکاح کیسے جایز ہوا؟ /۔ گاہوں میں ایک دلچسپ بحث چل نکلی، کہ صابرہ، جس کا باقاعدہ نکاح کروایا گیا تھا، وہ تو شیر عالم کی نامردی سے آگاہ تھی، پھر بھی، اس کے ساتھ رہی، بولی کیوں نہ؟ کیا ایک نامرد سے نکاح جاہز ہے؟ اور اگر جایز نہیں، تو خدا کی پناہ، تھا تو ایک پرایا بندہ۔ اور اگر نکاح ہی جاہز نہیں، تو وہ دونوں کس حیثیت سے ساتھ زندگی بتاتے رہے۔؟ تف، کیسی بدکردار عورت نکلی صابرہ۔ صرف دولت اور امارت کے مزے لوٹنے کی خاطر۔ شیر عالم کے ساتھ ناپاکی کی زندگی گزارتی رہی۔ تھو تھو۔۔۔ یہ ہمارا المیۃ ہے کہ ہم دین کو سمجھتے ہی نہیں نہ علم حاصل کر۔ آخر کار پنچاییت بلائی گئی۔ اور تمام پنڈ

نے مشترکہ فیصلہ کیا کہ امام صاحب سے رجوع کیا جائے، جو کہ ماشااللہ حافظ قرآن ہیں اور اگر انہوں نے حکم صادر کر دیا تو صابرہ کو سنگسار کر دیا جائے گا کہ اس کا ناپاک وجود گاؤں کی پاک دامن عورتوں کے لیے ندامت کا باعث ہے۔

جمعہ کی نماز کے بعد یہ مسئلہ امام صاحب کی عدالت میں پیش ہوا۔ امام صاحب حافظ قرآن ہونے کے علاوہ، چند ایک سورتوں کا اردو ترجمہ جانتے تھے اور کچھ احادیث بھی، جو کہ ان کے ہر خطبے میں شامل ہوتیں۔ امام صاحب نے سارا مقدمہ سنا، تو ان کے لبوں سے صرف ایک کلمہ ادا ہوا، جو کہ اب ان کا مخصوص تکیہ کلام بھی بن چکا تھا۔۔۔

"استغفر اللہ"۔

لوگ وہی سمجھے جو سمجھنا چاہتے تھے۔ سارے گاہوں کے مرد اکٹھے ہو گئے اور دوسرے دن صابرہ کو سنگسار کرنے کا اعلان ہوا، تاکہ بہو بیٹیوں کو ایسی بدکردار اور لالچی ڈاین سے دور رکھا جا ہے اور پنڈ سے نحوست کا سایہ ختم کیا جا سکے۔ کرم داد کی بیوہ، چوہدراہن کو جب اس فیصلے کی خبر ہوئی تو وہ صابرہ کے پاس پہنچی اور بولی:

"مجھے علم تھا کہ شیر عالم پیدائشی نامرد ھے۔ مگر ہم چوہدریوں کو اپنی عزت و لاج سے آگے کچھ نہیں، اور پھر بھلا تجھے کون سا سکھ نہیں ملا۔ اس حویلی میں اتنے عیش و آرام کی زندگی گزاری تو نے۔ چل پیچھے بشیر تانگے والا تیار کھڑا ہے، بیٹھ اور نکل پڑ یہاں سے"۔

صابرہ نے خاموشی سے ساری بات سنی۔ اپنے کمرے میں گئی، اور وہ پگڑی

نکالی، جو کہ شیر عالم نے سہاگ رات کو اپنے سر سے اتار کے اس کے قدموں میں بطور 'منہ دکھائی' رکھی تھی، اس پگڑی کو کھول کے چادر کی مانند سر پہ اوڑھا اور جا کے تانگے میں بیٹھ گئی۔

***

7

دلّی

وہ رات دیر گئے گھر آیا تو اس کی تھکن دیکھ کر بیوی سب سمجھ گئی۔ فوراً بولی "آپ ابھی نہائیں گے یا بعد میں؟ گیزر آن ہے ویسے تو، آپ کے لیے کھانا لاتی ہوں۔"

اس نے کھانے سے انکار کر دیا اور بستر پر جا پڑا۔ اور کچھ ہی دیر میں اس کے خراٹوں کی آواز سے کمرہ گونج اُٹھا۔

وہ مطمئن ہو کر اپنا لیپ ٹاپ لے بیٹھی اور انٹرنیٹ پر نئے ڈیزائنز کے ملبوسات کی تصاویر دیکھنی شروع کر دیں۔ صبح اس کو شاپنگ پر جانا تھا آج وہ بھی کچھ تھکی ہوئی تھی کہ سارا دن پارلر میں سر سے پیر تک کی مہنگی ترین ٹریٹ منٹس کرواتی رہی۔ اور شام کو گھر پہنچی تو نوکر باہر بیٹھا گارڈ سے گپ شپ میں مصروف تھا۔ اس کو کھانے کا آرڈر دیا اور خود ریلیکس کرنے کو ٹی وی لگا لیا۔ انسان اپنی ایجادات کے ساتھ ساتھ مصنوعیت کی طرف بڑھتا جا رہا ہے۔ پہلے پہلے یہ بتایا گیا کہ کالا رنگ ہو تو رشتے نہیں آتے، اور لڑکی گھر بیٹھی بوڑھی ہو جاتی ہے، اور اگر گورے رنگ کی

کریم استعمال کر لے تو راہ چلتا مرد بھی لڑکھڑا کر گر پڑتا ہے۔ تو شادی تو سمجھو منٹوں کا کھیل ہوئی۔ یہ بات دل میں ایسی بسی کہ سب لگے رنگ گورا کرنے کی کریم استعمال کرنے اور وہ بات بھول گئے جو ہمارے بڑھے بوڑھے بہت پیار سے بولتے تھے۔ "کالی کرماں والی" بھلا ایک کریم آپ کے کرم اور قسمت کی کیسے ضامن ہو سکتی ہے۔ یہ انسان ہے، جس کا محبوب مشغلہ اپنی ہی جنس کے ہاتھوں الو بننا ہے۔ خود دن بھر میڈیا دیکھ دیکھ کر اُلّو بنتا رہتا ہے، لیکن اگر کوئی الو کا پٹھا پکار دے تو گریبان پکڑ بیٹھتا ہے۔

رومی کو ایک بہترین بیوی قرار دیا جاتا تھا۔ جو شوہر کے گھر سے باہر کے معاملات میں بالکل دخل نہ دیتی، کہا جاتا کہ وہ اس کی کامیابی کی سیڑھی تھی۔ شکل صورت واجبی مگر شوہر دیوانہ تھا اُس کا۔ ہر ایک سے کہتا نہ تھکتا کہ میری بیوی میری بہترین دوست ہے۔ دوسری عورتیں منہ میں انگلیاں ڈالے پھرتیں کہ یا اللہ! ہم سارا دن چولہا جھاڑو کرتی ہیں، بچے سنبھالتی ہیں، میاں کو پل پل فون لگا کر خبر لیتی ہیں کہ کہاں ہیں آپ؟ سب خیر تو ہے نا؟ پھر بھی ہم پاؤں کی جوتی اور یہ، عورت سر کا تاج۔ آخر ایسا کیا ہے اس میں؟

شوہر کے پاس پیسہ بھی تھا اور شکل بھی۔ دوسری جانب رومی، نعیم کے ساتھ جا کر ایسی شاندار شاپنگ کروانے میں مدد کرواتی کہ ہر جوان لڑکی اس کے شوہر کا مہنگا پہناوہ دیکھ کر ریجھ جاتی اور وہ مسکرا پڑتی اپنی شان دار چوائس پر، جو اس نے سارا دن گھوم کر شوہر کے لیے سیلیکٹ کی ہوتی۔ انسان ذات بھی عجیب مخلوق ہے، الماریاں

بھرتے ہیں دن رات اور اس بات سے بے خبر کہ کفن نصیب بھی ہو گا کہ نہیں۔ ہاں بڑھاپے میں ہم جب اللہ کے گھر حاضری پر جاتے ہیں تو ضرور کفن ساتھ لے جاتے ہیں کہ آبِ زم زم سے دھولیں۔ تاکہ جسم کو راحت ملتی رہے۔ لیکن گارنٹی کفن کے کپڑے کی تو ہوتی ہے مگر اس بات کی نہیں کہ ہم اپنے ہی خریدے زم زم میں دھلے کفن میں دفنائے بھی جائیں گے یا کسی دھماکے کا شکار ہو کر ڈی این اے کے ثبوت کے حصول کے انتظار میں سرد خانے میں پڑے رہیں گے۔ واہ رے انسان! تیری خوش فہمیاں اور خدائی انداز۔ اپنا کفن خریدنے کا انتظام کرتے ہو، ساتھ نظر ڈالو، شاید کسی کا پنڈا ننگا ہو رہا ہو جسے کفن کی نہیں ایک چادر کی ضرورت ہو۔ مگر ہم اپنی ذات کے خول سے نکلیں تب نا۔ اپنا ہی خدا خود ہیں ہم۔

دونوں میاں بیوی ساتھ ٹی وی دیکھتے تو رومی، شوہر کو ضرور بتاتی کہ آج کل فلاں اداکارہ بہت شان دار جا رہی ہے۔ اتنی تعریف کرتی کہ وہ ریجھ جاتا اور وہ بغیر کسی سڑاپے اور حسد کے نعیم کے سر کی مالش شروع کر دیتی تاکہ اس کے شوہر کو تخیلات میں آسانی ہو۔

بچہ اس کا نہ تھا، اور نہ ہو سکتا تھا۔ بہت علاج کروائے مگر ڈاکٹرز نے صاف انکار کر دیا۔ بس وہ خالی کوکھ لیے جیے جا رہی تھی۔ شوہر باہر ادھر اُدھر منہ مارنے کا عادی تھا اور ان میں سے بیش تر ہڈیاں بیوی ہی اس کے منہ میں ڈالتی۔ واپسی پر شوہر جب موبائل پر ان کی تصاویر لے کر آتا تو بہت فخر سے دیکھتی کہ اس کا کہنا تھا "لوٹا تو میرے پاس آیا، بات یہی اچھی ہے میرے ہر جائی کی۔"

رومی نے اپنے گھر کو تو کوٹھانہ بنایا مگر اپنے شوہر کو ایک "طوائف" کا درجہ دے دیا عملی طور پہ۔ آج اگر گاڑی، بینک بیلنس، زیور سب کچھ اس کے نام ہے۔ وہ روز اپنے شوہر کو دوسری عورتوں کے ہاتھ بیچتی ہے۔ مگر اپنے وجود کی قیمت اُس کا شوہر خود ادا کرتا ہے اُسے۔ رومی، بیوی سے ایک "دلّی" بن گئی اور سدا سہاگن رہنے کی دعائیں کرنا نہیں بھولتی۔

***

۸

مثلث

دسمبر کی سرد ٹھٹھرتی رات اور سناٹا، سسٹر انجیلا نے چرچ کے دروازے پہ دستک کی آواز کو اپنا وہم سمجھ کے جھٹکنا چاہا مگر، ایک دم چونکی، ٹھٹھک کر رہ گئی۔ کسی نومولود کے رونے کی آواز سرد ہواؤں کا سینہ چیر کر اس کی سماعت پہ دستک دے رہی تھی۔ اس نے برتن سمیٹنا چھوڑ کر اور پلو سے ہاتھ صاف کرتے باہر جھانکا۔ قدم کہ وہیں جم کر رہ گئے۔ ایک نومولود بچہ کلیسا کی ٹھنڈی یخ محرابوں کے ساتھ برامدے میں پڑا اکلبلا رہا تھا۔ سسٹر نے ایک ماں کی سرعت سے بچہ اپنے سینے سے لپٹایا اور دھڑکتے دل کے ساتھ انگیٹھی کی جانب

پاوں گھسیٹتی بھاگی۔ حدت پا کر نومولود کا رونا کچھ کم ہوا تو بچے نے بے چینی سے اپنے ہاتھوں کو چوس کر اپنی بھوک کا اظہار کیا۔ سسٹر انجیلا نے چمچ سے دودھ پلا کر اس کو سلانے کی خاطر جب لٹایا تو اس کو اس بدبو کا احساس ہوا جس کو وہ اس تمام بکھیڑے میں محسوس تو کر رہی تھی مگر توجہ دے نہ پا رہی تھی۔ سسٹر نے جب اس کا لنگوٹ کھولا تو چونک اٹھی۔ ننھی جان نے لمس کو محسوس کر کے جب کلکاری ماری

توانجیلا کو اس پہ بے بہا پیار آیا۔

اس کو یونھی کمرے میں چھوڑ کے باہر لپکی۔ آیک ساعت کو رکی، راھب ڈیوڈ تیزی سے فادر میتھیو کے کمرے سے نکل رہا تھا۔ انجیلا کو دیکھ کر اس نے اپنا لباس سمیٹا اور راہداری کی جانب بھاگا۔ سسٹر انجیلا نے دیکھی اندیکھی کرتے ہوئے سٹور روم کی راہ لی جہاں یتیم خانے کے بچوں کی خاطر اکٹھا کردہ سامان پڑا تھا۔ اس نے ایک ثانیے کو سوچا۔ اور فراک اکٹھے کرنے لگی۔ ادھر فادر میتھیو کی نیم برہنگی دیکھ کے یسوع کی صلیب کا بوجھ مزید بڑھ گیا۔ کلیسا کی درو دیوار پہ کہرا جم رہا تھا۔ رات کے پچھلے پہر جب فادر زنانہ ملبوس میں جوان مانکس کے ساتھ دارو کے نشے میں غل غپاڑہ کرتا تو سسٹر انجیلا صبح کی دعامیں سب کو بتاتی کہ فادر تمام رات 'تازیانہ زنی' کے باعث نڈھال اور خدائے بزرگ و برتر سے ھمارے گناہ بخشوانے کی خاص عبادت میں مشغول ہیں۔

سسٹر انجیلا نے فادر کو اس ننھے فرشتے کو اپنانے کی فیصلے سے آگاہ کیا تو فادر نے ناک بھوں چڑھائی، اور ابھی وہ کلیسا، اور کتاب مقدس کے حوالے سے کچھ بولنے ہی والے تھے کہ بوڑھی سسٹر نے مسکراکے کہا، فادر، رات بھر کی تازیانہ زنی سے آپ نڈھال ہیں اور اپ کو آرام کی ضرورت ہے'۔ اب سسٹر انجیلا ایک پہاڑ کی مانند دنیا اور میری کی درمیان کھڑی تھی۔ پہاڑ یکجا مگر اپنی اپنی ذات میں یکتا ہوتے ہیں۔ پہاڑ ساکت اور خاموشی سے آسمانی اور زمینی تغیر کی تاب لاتے رہتے ہیں اور کبھی گھس کے، کبھی ٹوٹ کے اور کبھی سرک کے اپنے جذبات کا بے زبانی سے اظہار کر دیتے

ہیں، مگر، انسان، اپنے ہر جذبے کو شکر اور ناشکری کی شکل میں آواز دے کے، اپنی برتری ثابت کرتے رہتے ہیں۔ جب پہاڑ کا دل بھر جاہے تو وہ آتش فشاں کی صورت، خون کے آنسو روتا ہے۔ اوراس کی راکھ، ہر شے کو بنجر کے جلا ڈالتی ہے۔ مگر،،،، یہی راکھ، سالوں بعد، اسی زمین کے زریاب ہونے میں بھی مدد دیتی ہے۔ اسی طرح اگر انسان اپنے آنسو اپنے دل کی زمیں میں ڈبوتے چاہیں تو، دل کی فصل دو جہاں میں کھاتے ہیں۔ یوں پہاڑ جذبے اور ممتا بھرے دل کیساتھ سسٹر انجیلانے میری کو سمیٹ لیا۔

وقت گزرتا رہا، سسٹر انجیلا فادر کی تاریک راتوں پہ مریم سا تقدس لیے پردے ڈالتی رہی انسانوں کو حیوانوں سی بدتر کیفیات میں دیکھ کے مسیح سوچتے،'اس صلیب کی مکتی میں ہی شانتی ہے"۔

وقت کا دھارا نہ تو فادر کے ایمان کو مستقیم کر سکا اور نہ ہی سسٹر کی نیکدلی پہ ضرب ڈال سکا۔ میری نے بلوغت میں قدم رکھا تو اس کی سانولی رنگت پہ اس کی شہد آنکھیں، اسکی پاکیزگی کی گواہی دینے کو جھپکتے نہ تھکتیں۔ میری اپنے وجود و خدوخال سے بخبر یسوع اور مریم مقدس کے سائے میں پروان چڑھی، ایک بار اس کا گزر اس ممنوعہ گلی سے ہوا جہاں پہ نو آوردراہبائیں کمرے ملنے سے پہلے رہا کرتیں، ایک جھروکے سے اندر جھانکا تو راہبائیں سر تا پا برہنہ باتوں میں مصروف نہا رہی تھیں انہیں دیکھ کے میری ششدر رہ گئی اور بت بنے تکتی رہی۔ اس کا دھیان راہب ڈیود کی کھنکھار سے ٹوٹا جو صبح ہی دور پار کے کسی قصبے سے جوان لڑکوں کو

عیسائیت کی تعلیم و تدریس اور کلیسا کے ساتھ رجسٹریشن کیلیے لایا تھا۔

میری ایک انجان خوف میں گھری، دھک دھک قدم اٹھاتے بڑھ رہی تھی کہ اس کی ٹکر جبرائل سے ہوئی۔ دونوں بری طرح سٹپٹائے۔ کیوپڈ جب تیر زنی کو نکلتا ہے تو اس کو مندر و کلیسا کی پرواہ نہیں ہوتی، کسی ادھوری دعا کی تکمیل کی خاطر کیوپڈ تیر چلا کے چلتا بنا اور جبرائیل بری طرح گھائل ہو گیا۔

ادھر میری کو ایک عجیب دماغی الجھن نے آگھیرا اور وہ اکثر اوقات سوچوں میں کھوئی خاموش سی رہنے لگی۔ بار بار غسل خانے جا کر خود کو ٹٹولتی اور پھر اپنے ہی وجود سے خوفزدہ ہو کر واپس لوٹ آتی۔

سسٹر انجیلا نے میری میں آنے والی تبدیلی محسوس کر کے کریدا تو میری نے جھجھکتے ہوئے تمام ماجرا بیان کیا اور سسٹر انجیلا کے دامن میں سمٹ کے بلبلا کے رو پڑی۔ سسٹر انجیلا شروع دن سے ہی اس لمحے کو سمیٹنے کو تیار بیٹھی تھی۔ ادھورے پن کے ادراک کا ایک مکمل لمحہ، صدیوں پہ محیط ہوتا ھے اور اس کا بوجھ صرف اور صرف ایک تابوت ھی سہ پاتا ھے۔ سسٹر انجیلا نے بہت پیار سے میری کو گلے سے لگایا اور اپنے گلے میں پہنی صلیب کی طرف اشارہ کر کے بولی "۔ سب مثلث ہے۔ کوئی اور راستہ نہیں۔ ایک دوجے سے پیوستہ۔۔۔ دوج مل جاتی ہے۔ پر تیج کا ہونا اور سہنا ہی اصل کھیل ہے۔ اس کے لیے شکتی چاہیے۔ خدائی شکتی۔ تجھے تخلیق کر کے خداوند نے تجھے صبر کا حکم دیا۔ تجھ جیسی مخلوق یا پیدا ہوتی ہیں، یا خود بن جاتی ہیں۔ یا تیسری مخلوق کر دیے جاتے ہیں۔ خداوند ہر ایک کو رہنا ہے۔ اصل امتحان تو

ان دو کا ہے جو مکمل ہیں۔ مگر ادھوری زندگیاں بتاتے ہیں، اپنی اپنی تکمیل کی لیے دوسروں کے مرہون منت۔ ایک نہ ملے تو دوجا ادھورا۔ دوج کی کھوج میں اکائی کو کھونے والے۔ تیرا تن تیسرا ہو کر بھی من کی الوہیت گا گواہ ہے۔ تو خوش نصیب ہے کہ تیرا انتخاب ہوا۔'۔

ادھر دور دراز کی قصبوں سے آئے ہوے نوجوان پادریوں کی تربیت کا آغاز ہوا تو فادر ڈیوڈ کی نظریں ایک گھاک شکاری کی مانند تمام نو آورد پادروں کا جایزہ لیتیں۔ دوسری جانب سسٹر انجیلا نے جبریل کی میری کی طرف اٹھتی دیوانہ وار نگاؤں کو بھانپ لیا تھا۔ اور بجائے سرزنش کے اس نے مختلف حیلوں اور بہانوں سے ان دونوں کو قریب رہنے کا موقع فراہم کرنا شروع کر دیا۔ بوڑھا فادر میتھیو جوان پادریوں کے ایک گروہ کو لیکر تبلیغ پہ جانکلا جب کہ چنیدہ کو فادر ڈیوڈ نے روک لیا جن میں جبرئیل بھی شامل تھا۔

اب میری نے بھی جبریل کی خاموش محبت کو محسوس کر کے تنہائی میں مسکرانا شروع کر دیا۔ جبکہ دوسری طرف فادر کے جبریل کی طرف بڑھتے التفات دیکھ کر سسٹر انجیلا بہت بے چین ہو گئی۔ ایک رات فادر نے اپنی سرمستی میں دھن جبریل کو رات کی پچھلے پہر بلا بھیجا۔ جبریل نیند سے گھائل جب فادر کی کمرے میں داخل ہوا تو فادر کو زنانہ لباس میں دیکھ کر بھونچکا رہ گیا۔ فادر اس کو سامنے پا کر اس سے لپٹ گیا اور جبرئیل کو بے لباس کرنے کی کوشش شروع کر دی۔ جبریل سٹپٹا گیا اور ایک دھکے سے فادر کو پیچھے دھکیلا اور باہر بھاگا۔

فادر ڈیوڈ کو آج سے پہلے اتنی ہتک کا سامنا نھیں کرنا پڑا تھا۔ تمام رات سو نہ پایا اور صبح ہوتے ہی حکم جاری کیا۔ "یہ زلزلے کی جھٹکے، یہ طوفان، یہ بڑھتی ہوئی قدرتی آفات، سب، ہمارے گناہوں کی سزا ہیں۔ خداوند خدا کو پاک اور ہر گناہ سے آزاد رہبر چاہئیں۔ نئے انے والے تمام راہبوؤں کی "رجولیت زائل کرنے" کا عندیہ ملا ہے۔ فادر چونکہ اپنی مرضی سے خود اس عمل سے گزر چکا تھا لہذا کسی کو بھی انگلی اٹھانے کا موقع نہ ملا۔۔

جبریل شدید تکلیف سے دوچار تھا۔ میری نے اس کی تیمارداری شروع کر دی۔ فادر کو یہ تمام صورتحال ایک آنکھ نہ بھائی اور اس نے سسٹر انجیلا سے اپنے تحفظات کا اظہار کیا۔ سسٹر تمام صورتحال بھانپ چکی تھی، لہذا اس نے میری اور جبریل کو وہاں سے نکالنے کا فیصلہ کر لیا۔ سسٹر انجیلا نے یسوع کے پیروں میں پڑے چندے کے ڈبے سے تمام رقم اکٹھی کی اور جبرئیل اور میری کو بھگا دیا۔

دونوں ریلوے سٹیشن پہنچے اور جو بھی پہلی ٹرین ملی اس پر سوار ہو گئے۔

دوسرے شہر پہنچ کے پہلے پہل ایک سستے ہوٹل میں قیام کیا اور پھر سستے مکان کی تلاش شروع کر دی۔ میری کے لیے یہ تمام دنیا بالکل نئ تھی مگر جبریل کچھ جہاندیدہ تھا۔ وقتی طور پہ اندرون محلے میں ان کو ایک کمرہ مل گیا۔ مالک مکان ایک شریف اور دیندار گھرانہ تھا۔ جن کا جوان بیٹا کسی بڑی یونیورسٹی میں دینی تعلیم حاصل کر رہا تھا اور ارد گرد اس گھرانے کی نیک نامی کے چرچے تھے۔ پہلے پہل تو پڑوس سے ان کو کھانا آجاتا تھا، مگر بھر ان جب علم ہوا کے وہ اہل مسیح ہیں تو ان سے

آہستہ آہستہ کنارہ کشی کی جانے لگی۔ اب ان کے مالک مکان طالب صاحب سے بھی تقاضہ کیا جانے لگا کہ نئے کرایہ دروں کو محلے کو سے نکال کر اس کو پاک کیا جائے۔ اور طالب صاحب اثبات میں سر ہلا دیتے۔ دوسری جانب جبریل روز کام کی تلاش میں نکل جاتا اور میری گھر گھر ہستی میں مشغول رہتی۔ ان کے پاس سسٹر انجیلا کی دی ہوئی رقم میں مسلسل کمی ہوتی جارہی تھی۔۔ اہل محلہ نے کچھ عرصہ تو میری اور جبریل کی ناپاک موجودگی کو برداشت کیا پھر مسئلہ مسجد کے مولوی صاحب کی پاس لے گیے جن کو نصاری کی موجودگی کا پہلے سے علم تھا مگر وہ تیل اور تیل کی دھار دیکھ کر وار کرنے کی قائل تھے۔ جب ان کو محسوس ہوا کہ اب ہی صحیح وقت تھا طالب صاحب اور ان کے اعلی دینی تعلیم حاصل کرتے بیٹے بلال کو گھیرنے کا، تو ان کو بلا بھیجا۔ بلال دسمبر کی چھٹیوں میں گھر آیا ہوا تھا اور اپنے نومولود بھائی موسی کے ساتھ وقت گزاری کرتا۔

دونوں باپ بیٹا مسجد پہنچے تو وہاں پر باقی اہل محلہ بھی موجود تھے۔ تمام نے یک زبان ہو کر ان کو میری اور جبریل سے کمرہ خالی کروانے کا کہا۔ طالب صاحب حالات سمجھتے تھے انہوں نے یہ بول کر بات ختم کرنی چاہی کہ وہ میری اور جبریل کو دوسرا مکان دیکھنے کا بول چکے ہیں۔ کہ اچانک کوئی بول اٹھا 'جس دیوار کے پار پلید ہوں وہاں تو نماز بھی ممکن نہیں۔ استغفراللہ'۔ بلال سب کچھ سن رہا تھا بولا 'مولوی صاحب اپ ان کو مسجد نبوی والا قصہ سنایئے نا۔ مولوی صاحب صرف حافظ قران تھے اور ستر دہائی سے صوم صلوۃ کے پابند۔ ایسی صورت میں ان کو دین کی تعلیم

حاصل کرنے کی کیا ضرورت تھی۔ وہ سٹپٹائے اور بولے سب معلوم ہے ہم کو۔ اس پر بلال بولا، بتایئے نا۔ جب ہمارے آقا نبی پاک دوسرے مذہب کے لوگوں کو قیام کیلیے مسجد نبوی پیش کر سکتے ہیں تو یہ تفریق کیسی؟ محبوب کریم صلی اللہ علیہ وسلم کے پاس مسجد شریف کے علاوہ کوئی مخصوص مہمان خانہ موجود نہ تھا، ہر خاص و عام کو وہیں ٹھہرایا جاتا تھا۔۔ اور تو اور ہمارے نبی پاک اپنے ایک غیر مسلم غلام کی عیادت کو خود تشریف لے گئے۔۔۔ اسلم امن و سلامتی کا مذھب ہے۔ یہ دن کل کائنات کے حوالے سے ہے۔ ہم کون ہوتے ہیں اس کے ٹھیکیدار بننے والے """"""۔ لاحول ولا قوۃ' کیسی باتیں کر رہے ہو بلال، یہ تو سراسر توہین رسالت ہنے۔ کہاں مسجد نبوی کہاں یہ منکرین۔ اب تمام مسجد میں شور بپا ہو گیا۔ مسجد کے باہر منچلوں کا ایک گروہ کھڑا سگریٹ نوشی کے ساتھ ساتھ موبائل پر برہنہ فلمیں دکھنے میں مصروف تھا۔ آواز سن کے چونکا اور مسجد کے اندر بھاگا۔ کیا ہوا، کیا ہوا۔ ؟؟؟ توہین رسالت ا۔ ناموس رسالت پہ حرف آرہاہے۔ ان منچلوں نے نہ کچھ سنا اور نہ ہی دیکھا، بلال اور طالب صاحب کو گھسٹتے باہر لے آئے اور مارنا شروع کر دیا۔ آہستہ آہستہ تمام لوگ اس مذہبی ٹھیکیداری کا حصہ بنتے گئے۔ ان دونوں نے جب جان بچا کر اپنے گھر میں پناہ لی تو چاروں طرف سے گھیر لیا گیا۔ کوئی خدائی خدمتگار کہیں سے پٹرول اٹھا لایا جسے چھڑک کر گھر کو آگ لگا دی گہی۔ گھر کو چاروں جانب سے گھیر لیا گیا۔ جبریل نے جب مجمعے کی آگ اور بھڑکتے شعلے دیکھے تو میری کا ہاتھ پکڑ کر پچھلے دروازے کی جانب دوڑ لگائی، مگر نو مولود موسی کے رونے کی آواز نے قدم شل کر دیئے۔ جلدی

سے بیچ دروازہ کا قفل توڑا۔ چار سو آگ تھی۔ اور موسی اپنے جھولنے کی قریب ماں سے لپٹا بلک رہا تھا۔ ماں اس کو دھویں سی بچاتی ہوئی بیہوش تھی یا زندہ، یہ دیکھنے کی فرصت نہ تھی۔ میری نے موسی کو اپنی چادر میں چھپایا اور دونوں باہر کی جانب بھاگے۔

بھاگتے بھاگتے دونوں کہاں پہنچے اور کس طرح ننھے موسی کو لے کر رات بتائی، کچھ معلوم نہیں۔ ہوش آیا تو وہ ایک پارک کے کنارے کوڑھے میں جلتی آگ کے قریب بیٹھے تھے۔ دونوں نے موسی کو سمیٹا اور ایک نامعلوم منزل کی طرف قدم بڑھائے کہ آواز نے ان کے قدم روک لیے۔ "اللہ جوڑی سلامت رکھے۔ ہاہے، کتنا پیارا کاکا ہے۔ اے بھائی اری باجی، اپنے منے کا صدقہ دیتی جا۔ ایک بنا سنورا ہیجڑا ان کی رہ میں کھڑا ہو گیا، جبریل کو غصہ آگیا، مگر میری اس ہیجڑے کی بات سن کر ٹھٹھکی اور گلے سے سونے کی صلیب اتار کے اس تیسری مخلوق کی حوالے کر دی جس کے ایک ہی جملے نے دو بکھرتی ہوئی لکیروں کو پل بھر میں مثلث کی شکل دے کر وہ قوت عطا کر دی کہ جس کی تکمیل کیلیے دوئی کا عمل وجود میں آیا۔ اسی مقناطیسی طاقت کی زیر اثر میری جبریل کی جانب دیکھ کر مسکرائی اور اگے بڑھ کر موسی کو جبریل کی گود میں ڈالتے ہوئے بولی۔ "مبارک ہو، تم باپ بن گئے۔۔"

***

۹

ادھورا لمس

غزالی آنکھیں ستواں ناک، خوبصورت ہونٹ، کتابی چہرہ لمبی گردن جس پر تل کی موجودگی اس بات کی علامت تھی کہ شاید خدا نے نظر بد کے ڈر سے ٹیکا لگا ڈالا۔ نازک اندام اور سرو قد یہ کسی شاعر کا خواب نہیں بلکہ جیتی جاگتی سومیہ تھی۔ انتہائی زہین اور زندگی سے بھرپور۔ خود پر غرور حسن کا نہیں بلکہ عورت ہونے کا۔ اس کو آئینے کی پرواہ ہی نا تھی کہ کیا بولتا ہے اس کے لیے آئینے کا کام وہ تمام نظریں کرتی تھیں جو کہ اس کے حسن اندام کو خراج تحسین پیش کرتے نہ تھکتیں۔

ان سب باتوں سے بے پرواہ وہ اپنا عورت ہونے کے غرور میں زندگی بتائے جا رہی تھی۔ جس کے نزدیک مرد کا وجود ایک پتھر سے کم نا تھا، جس کو وہ جب چاہے ٹھوکر مار کر اپنے راستے سے ہٹا سکتی تھی، کہ اس نے سن اور پڑھ رکھا تھا کہ کہ مرد مجازی خدا ہے اور اس کا ماننا تھا کہ خدا پتھر سے بنا ہے پسند نا آئے تو توڑ دو۔ مورتی بنا کر پوجو گی بھی تو اس پہ کیا اثر ہونا ہے۔ پتھر چاہے مورتی ہو یا راستے میں پڑا ایک کنکر، کوئی فرق نہیں۔ یہ تھے وچار اس مغرور اور حسین لڑکی کے۔ ماں لاکھ پیچھے پڑتی کہ شادی کر لے

مگر وہ روز ایک نئی شرط لے آتی۔ اماں شکل اور قد دیکھ لینا۔ کبھی کہتی اعلی افسر ہو۔ کبھی یہ کبھی وہ ماں لاچار اور بے بس بیٹی کے تیور ہی نا ملتے تھے۔ آخر تھک کر ماں بولی جس سے تو راضی اس سے میں راضی بول۔ سومیہ بولی کوئی میرے قابل ہو تو بتاؤں نا۔ ایم بی اے کیا اور ایک بڑی کمپنی میں منیجر ہو گئی۔ اب تو کیا ہی کہنے بیگم سومیہ کے۔ خود آگاہی کے بعد خود شناسی کا موقع ملا تو وہ ساتویں آسمان سے جا لگی۔ محبت پر اس کا یقین یہ تھا کہ یہ اس کے نزدیک ایک بیوقوفی کا کھیل تھا اس لیے ہر ایک عاشق کا مذاق اڑانا اور اس کا دل توڑنا اس کا محبوب مشغلہ تھا۔

جب بھی لڑکوں کی چوکڑی بیٹھتی یہ ذکر ضرور ہوتا کہ وہ کس کے ہتھے چڑھے گی۔ کوئی کہتا ہو گا کوئی گلفام، کوئی کہتا کسی امیر کو پھانسے گی یہ کمبخت۔ ہمارے تو ہاتھ نا آئی۔ جب کہ بہت سے تو اس کے ساتھ رات گزارنے کی شرط بھی جیت چکے تھے اور اسے معلوم ہی نہ تھا کہ وہ کتنوں کی داشتہ مشہور ہے۔ یہ ہوتا ہے حسین ہونے کا جرم اور مرد کی ذہنیت۔

ایک دن وہ یونہی وقت گزاری کو انٹرنیٹ پر بیٹھی تھی کہ اس کو ایک مسیج آیا۔ اس نے بات شروع کر دی بندہ ان دیکھا تھا مگر ذہانت سومیہ کی کمزوری تھی، دوسرا وہ شخص اس کے حسن سے بے آشنا۔ بات شروع بھی نا ہوئی تھی کہ سومیہ ختم ہو گئی۔ کچھ دن تو یونہی سلسلہ چلتا رہا اور وقت گزاری ہوتی رہی۔ پھر سومیہ کو ندیم کی عادت سی ہونے لگی۔ ایک رات وہ سو رہی تھی کہ گھبرا کر اٹھ بیٹھی، اس کو لگا کہ وہ کسی عفریت کی جکڑ میں ہے۔ پانی پیا اور مکمل جاگ گئی۔ وہ جکڑی جا چکی تھی مکمل

طور پر۔ کہتے ہیں محبت کا مذاق مت اڑاؤ یہ تم کو مذاق بنا دیتی ہے۔ یہ اتنی حسین دیوی ہے کہ جان کا نذرانہ بھی وار دو تو کبھی کبھی تمہارے برباد نہیں ہوتی۔

محبت نہ ہوتی تو آج منصور بھی نہ ہوتا اس کو بھی تو محبت نے سولی پر چڑھایا تھا نا۔ کیا خود ختم ہوئی؟ آج بھی وہی شان ہے اس کی۔ کسی نے محبت پر انگلی نہ اٹھائی کبھی، بدنام ہوا برباد ہوا بیکار ہوا تو صرف انسان۔ محبت کی شان میں تو صرف قصیدے لکھے گئے۔ کیوں نہ ہو خدائی صفت ہے جو انسانوں میں پھونک مارنے والے رحمان کا وصف ہے۔ جب انسان میں روح پھونکی جاتی ہے تو اس میں باری تعالی کی اتنی محبت ہوتی ہے کہ نا چاہتے ہوئے بھی وہ ظالم سے ظالم انسان میں سرایت کر جاتی ہے۔ اور پھر عورت کا تو مقام ہی الگ ہے وہ تو خالق کی تخلیقات میں سے وہ واحد مخلوق ہے جو خلق کرتی ہے۔ یہ خلق کرنے کا عمل عورت کے لیے وصال سے لیکر جنم دینے تک کتنا تکلیف دہ ہے کوئی نہیں جانتا لیکن یہ عورت ہی ہے جو دوبارہ اپنا خوں پلانے پر عمدہ ہو کر دوبارہ جنم دینے کو تیار رہتی ہے۔ اگر کوکھ سوکھی ہو تو کیا عورت کی ممتا مر جاتی ہے؟؟؟ تو بس اس کے اندر کا خوں جو کہ تخلیق کے کام آتا ہے مزید جوش مارتا ہے اور اس کی روح کو ہر وقت اک لاوے کی طرح پگھلاتا رہتا ہے۔

اس کی ممتا اس کے اندر کانٹے چبھوتی ہے کہ مجھے بچہ دے، میں کہاں جاؤں اگر تو بانجھ ہے تو میرا کیا قصور مجھے تو تیرے وجود کے ساتھ ہی پھونکا گیا تھا۔ سومیہ محبت میں گرفتار ہو چکی تھی سر سے پاؤں تک۔ وہ گھبرا گئی کیوں کہ اب وہ قید تھی ندیم کی محبت کے پنجرے میں۔ یہ وہ شخص تھا جس کو اس نے نا دیکھا نا سنا، وہ صرف

تھا اور وہ بھی چبھتی ہوئی۔ وہ کوئی کامیاب انسان نہ تھا۔ بی اے کے بعد ایک دوکان پر سیلز مین کا کام کرتا تھا سارا ہفتہ پیسہ جمع کرتا کہ کسی طرح سومیہ سے فون پر بات کر سکے۔ اور وہ بھی اس کے فون کے انتظار میں رہتی لمبی باتیں ہوتیں، شرابی بھی تھا اور عورت کا مزہ بھی خوب چکھ چکا تھا، ہر موضوع پر بات کرتے دونوں اور وہ دوسری عورتوں اور ان سے اس کی قربت کے قصے سن کر جلتی بھنتی مگر ظاہر نہ ہونے دیتی۔ وہ تو بس اس انتظار میں رہتی کہ ندیم کہیں سے کوئی بوتل چڑھائے اور فون کرے کیوں کہ نشے میں وہ جو بولتا اس کا سرور سومیہ کو کئی دنوں بہکائے رکھتا اور وہ خود کو بادلوں میں اڑتا محسوس کرتی۔

اگر کسی کو بھی علم ہوتا کہ سومیہ ایک نکمے سیلز مین کی محبت میں گرفتار ہے تو کوئی یقین ہی نہ کرتا عین ممکن تھا کہ ایک دو ناکام عاشق جو آس لگائے بیٹھے تھے پھندا ہی ڈال لیتے۔

آخر اس نے اور ندیم نے ملنے کا فیصلہ کیا۔ سومیہ نے کارلی اور لائبریری جا پہنچی۔ کوئی اور ہوتی تو ندیم کو دیکھ کر پلٹ جاتی مگر۔۔۔ سومیہ نے محبت کی تھی۔۔۔ اس کی پہلی اور یقینا آخری محبت۔ ایک عورت کا محبت۔ جو خالق بھی ہنے اور موحد بھی۔۔ ندیم ایک انتہائی سانولا موٹا اور بے ڈول انسان تھا۔ یہ ہر گز نہیں کہا جا سکتا کہ ندیم کی لاٹری نکل آئی تھی۔ محبت میں لاٹری نہیں ہوتی محبت خدا کا تحفہ ہے اس کی عطا کردہ وہ نعمت ہے جو کائنات کو چلائے جا رہی ہے۔ ندیم ششدر رہ گیا اس کی توقع اور تخیل سے بڑھ کر ایک حسین مجسمہ اس کے سامنے کھڑا تھا۔ دونوں میں

ملاقاتوں کا سلسلہ شروع ہو گیا پہلے ہر ہفتے پھر ہر روز پھر سارا سارا دن دونوں گھومتے جھگڑتے اور باتیں کرتے پھرتے۔ وہ اس کو دوسری عورتوں کے قصے مزے لے لے کے سناتا اور وہ آگ بگولہ ہوتی رہتی مگر منہ سے کچھ نہ بولتی۔ دیکھنے والے اس بے ہنگم جوڑے پر حیران رہتے کہ اللہ نے اس مرد کو کس نعمت سے نوازا ہے۔ مگر سومیہ کو اس کی کیا پرواہ تھی۔ اس کے دن رات صرف ندیم کے لیے تھے۔ آفس پہنچ کر وہ میٹینگ کا بہانہ کرتی گاڑی اٹھائی اور سارا دن ندیم کے ساتھ بتاتی۔

وقت گزرتا گیا جنوں بڑھتا گیا۔۔۔ مگر دل چسپ بات یہ کہ ندیم جو عورت کا رسیا رہ چکا تھا اس نے کبھی سومیہ کو چھوا تک نہیں۔ اگر کبھی وہ قریب آتا تو وہ اسے پیچھے دھکیل دیتی اور وہ خاموش ہو جاتا۔

محبت میں جسم امر ہے مگر اس کے بغر محبت کی تکمیل اس کو خدائی درجہ دیتی ہے بندے اور اس کے رب کا رشتہ پاکی اسی لیے رکھتا ہے کہ اس میں قلب و روح کا عمل ہے۔ سومیہ جو ناک پر مکھی نا بیٹھنے دیتی تھی جس کی اڑان دیکھ کر اس کی ماں پریشان رہتی تھی۔ اس نے ایک ڈن ندیم سے شادی کا تقاضہ کر ڈالا۔ ندیم ششدر رہ گیا وہ ناکارہ ناکام انسان اس بات سے بخوبی واقف تھا کہ وہ کبھی بھی سومیہ کو وہ مادی خوشیاں نہیں دے پائے گا جس کی وہ اسے حقدار سمجھتا ہے۔ ندیم نے اسے بتایا کہ اس کے والدین کافی سخت اور پرانے خیالات کے لوگ ہیں اور اس کی بھابھیاں بھی ایک جہنم ہی جھیل رہی ہیں۔ سومیہ تو محبت میں اندھی تھی تیار ہو گئی۔ مگر پھر ایک عجیب سوچ نے اس کے ذہن میں جنم لیا اور وہ خاموش ہو گی۔ ہمیشہ اس کے

ساتھ رہنے کے لیے سومیہ نے اسے کبھی نہ پانے کا فیصلہ کر لیا جسم کا آستمال دوسری روح کو تو جنم دیتا ہے مگر اس کے بعد آپ کی روح کس حد تک ٹوٹ پھوٹ کا شکار ہو گی اس کی کوئی گارنٹی نہیں۔

ندیم لاکھ کوشش کے باوجود گھر میں بات نہ کر پایا اسی دوران ندیم کے ماں باپ نے اس کی بات پکی کر دی۔ سومیہ کو علم ہوا تو اس نے صرف ایک بات کہی جب بھی جہاں بھی شادی کرو مجھے اس لمحے اس وقت اور اس دن کی خبر نا ہو۔ وہ اکثر اس سے اس کی منگیتر کا پوچھتی۔ عجیب محبت تھی ندیم کی۔ کسی اور کے ساتھ نسبت نے اس کی محبت کے پیمانے کو خراب نہ کیا جنوں قائم رہا۔

ایک روز وہ یونہی کسی جھیل کے کنارے کھڑی تھی کہ وہ اس کے قریب آئی اور اس کے گلے سے لگ گئی ندیم پہ حیرت کا پہاڑ ٹوٹ پڑا، وہ لڑکی جو اس کے ہاتھ چومنے پر اتنا واویلا کرتی تھی اس کے گلے لگی کھڑی تھی۔ پاس ہی سے کسی بچے کی آواز سن کر وہ ایک دم پیچھے ہٹ گئی اور بولی، مجھے واپس جانا ہے، وہ ان کی آخری ملاقات تھی، وہ ادھورالمس آج بھی سومیہ کی نس نس میں سانس لے رہا ہے اس ہلکے سے ادھورے لمس نے ساری عمر کے لیے اس کو حاملہ کر دیا۔ اس کی روح کو ایک لازوال اور اٹوٹ محبت کا حمل ہو گیا جو اس کے اندر سانس لیتے بل کھاتے زندہ ہے اور مرتے دم تک اس کی محبت کے وجود کو اپنی روح کی کوکھ میں لیے زندہ رہے گا۔

***